쇼펜하우어 **문장론**

쇼펜하우어 **문장론**

초판 1쇄 2005년 12월 26일   개정판 3쇄 2024년 2월 20일

지은이_아르투르 쇼펜하우어 옮긴이_김욱
펴낸이_이대희 펴낸곳_지훈출판사

공급처(서경서적)_전화 02-737-0904 팩스 02-723-4925

출판등록일_2004년 8월 27일 출판등록번호_제300-2004-167호
주소_서울시 종로구 내수동 72번지 경희궁의 아침 오피스텔 3단지 608호
전화_02-738-5535~6 팩스_02-738-5539
E-mail_jihoon1015@naver.com

ISBN 978-89-91974-51-7   03850
ⓒ 지훈 2005

쇼펜하우어

문장론

아르투르 쇼펜하우어 지음_ 김욱 옮김

차례

글씨기와 문체; 자신의 사색을 녹여서 쓰기

독서; 생각하며 읽기

사색 ; 깊이 생각하기

사색하는 인생은 남다르다

사색은 주관적 깨달음이다

아무리 그 수가 많더라도 제대로 정리해놓지 않으면 장서의 효용가치는 기대할 수 없다. 반대로 그 수는 적더라도 완벽하게 정리해놓은 장서는 많은 효과를 기대할 수 있다. 지식도 이와 마찬가지다. 많은 지식을 섭렵해도 자신의 것이 될 수 없다면 그 가치는 불분명해지고, 양적으로는 조금 부족해 보여도 자신의 주관적인 이성을 통해 여러 번 고찰한 결과라면 매우 소중한 지적 자산이 될 수 있다.

습득을 통해 얻어진 진리는 다른 여러 가지 지식과 결합시켜 비교할 필요가 있으며, 이 같은 절차를 거쳐야만 비로소 완전한 의미에서 자신의 것이 된다. 그리고 완전하게 내 것이 된 지식을 원하는 사상에 맞게 자유자재로 구사할 수 있는 힘을 얻게 된다. 사상은 주관적인 논리와 스스로 터득한 지식을 기초로 세워지는 건축물이다. 알기 위해서는 물론 배워야 한다. 그러나 안다는 것과 여러 조건을 통해 스스로 깨달은 것은 엄연히 다르다. 앎은 깨닫기 위한 조건에 불과하다.

그런 의미에서 독서와 학습은 객관적인 앎이다. 그리고 독서와 학습을 바탕으로 이루어지는 사색은 주관적인 깨달음이다. 누구나 책을 읽을 수 있고, 누구나 공부할 수 있지만, 누구나 이를 통해 사색할 수 있는 것은 아니다.

사색은 바람이 불면 더욱 거세지는 불길처럼 외부 조건에 의해 조성된다. 이 조건은 객관적인 형태와 주관적인 형태로 나뉘는데, 주관적인 조건은 개인적인 능력, 즉 타고난 두뇌를 뜻한다. 반면에 객관적인 조건은 사색의 호흡이라고 할 수 있는데, 공기처럼 인체의 호흡에 필요한 여러 물질들, 즉 학습이라든가 독서, 외국어 구사 능력 등이다.

사색적인 두뇌와 독서적인 두뇌

스스로 실천하는 사색이 정신에 미치는 영향과 주입적인 독서가 정신에 미치는 영향은 생각보다 많은 차이가 있다. 그러므로 사색적인 두뇌와 독서적인 두뇌의 경우 그 차이는 더욱 크다고 할 수 있다. 독서는 정신에 사상을 허락하지만, 이렇게 허락된 사상은 독자의 정신적인 방향이나 기분과는 전혀 관계가 없는 이질적인 강요에 불과하다.

독서와 정신의 관계는 납에 도장을 찍는 것과 비슷하다. 독서에 길들여진 정신은 외부의 변화에 상당한 영향을 받는다. 독서라는 정신활동 자체가 외부에서 비롯된 자극이기 때문이다. 그러나 스스로 사색하는 정신은 외부나 어떤 환경적인 변화에 의해 구속은 받을 수 있어도 독서에 길들여진 정신과는 달리 내면의 충동을 인정하고, 자신의 의지에 따라 움직인다.

인간의 정신은 외부로부터 강압적으로 주입되는 강요에 쉽게 굴복될 만큼 나약한 면이 있다. 이에 대한 반작용으로 주체적인 사색이 등장하게 되는데, 이 같은 주체적인 사상은 감정이라는 발단을 필요로 한다. 그러므로 다독多讀은 인간의 정신에서 탄력을 빼앗는 일종의 자해自害다. 압력이 너무 높아도 용수철은 탄력을 잃는다. 자신만의 고유한 사상을 가장 안전하고 확실하게 손에 넣는 방법은 독서다. 천성이 게으르고 어리석은 일반인이라도 꾸준한 독서를 통해 일정한 학문적 수준에 도달할 수 있는 것은 바로 그 때문이다. 그러나 결과적으로 이렇게 얻어진 길은 결국 실패할 수밖에 없다. 독서는 어디까지나 타인이 행한 사색의 결과이기 때문이다. 비유컨대 포프[1]의 조소처럼 "영원히 읽히지 않기 위해 영원히 읽는" 것이다.

그러므로 학자란 타인이 남긴 책을 모조리 읽어버리는 소비자이며, 사상가란 인류를 계몽하고 새로운 진보를 확신하는 생산자라고 표현할 수 있다.

---

1 알렉산더 포프(Alexander Pope, 1688~1744) ; 영국의 시인, 비평가. 12세 때 앓은 병으로 평생 불구의 몸이 되었다. 정규교육을 받지 못했지만 독학으로 고전(古典)을 익혔다. 타고난 재능으로 16세에 이미 시집 『목시』를 발표하고, 21세 때는 『비평론』을 발표하여 영국 시단뿐 아니라 유럽에까지 그 성가가 알려졌다. 호메로스의 『일리아드』와 『오디세이』를 영역(英譯)하여 경제적인 성공도 거두었지만, 대표작으로는 역시 풍자시 『우인열전』이 꼽힌다. 이것은 자기가 싫어하는 출판업자 · 시인 · 학자 등을 철저하게 조롱한 작품이다.

스스로 이해하는 힘

스스로 발견한 사상을 통해 개별적인 진리는 고유한 생명을 획득한다. 우리가 참된 의미에서 이해한다고 말할 수 있는 것은 오직 자기 자신의 사상뿐이다. 책을 통해 경험한 타인의 사상은 타인이 먹다 남은 찌꺼기, 즉 타인이 벗어 던진 헌옷에 지나지 않는다.

우리의 정신 속에 불타오르고 있는 이 영원한 봄날은 스스로 꽃을 피우고 싶어한다. 그에 비해 타인의 책을 통해 습득된 사상은 묘비에 글을 새기는 것에 불과하다.

스스로 사색하는 사람

독서는 어디까지나 개인적인 사색의 대용품에 지나지 않는
다. 독서는 사상을 유도하는 역할로 충분하다. 책의 효용을 비
유하자면, 우리가 지도地圖를 통해 앞으로 얼마나 많은 미로를
거쳐야 하며, 어떻게 그 미로에서 빠져나올 수 있는가를 미리
짐작할 수 있는 것과 같다.

반대로 자신의 감정, 즉 의지에 의해 자발적으로 사색을
갈망하는 것은 어떤 조건에서도 확실한 방향을 감지할 수 있
는 나침반이다. 따라서 독서는 사상의 분출이 잠시 두절되었
을 때 이를 만회하기 위한 휴식으로 사용해야 한다.

실제로 역사상 위대한 철학자와 예술가들이 이 같은 독서
의 효용을 만끽했다. 반면에 일반인들과 짜깁기에 능숙한 삼
류 학자들은 책을 읽고 싶다는 목적에 눈이 멀어 내면에서 끓
어오르는 사색의 충동을 억누르는 데 여념이 없다. 이것은 성

스러운 정신에 대한 반역이다. 이런 자들은 광활한 실제 자연보다 식물도감에 기재된 동판화를 더욱 아름답게 여기는 바보에 불과하다.

누구든지 다음과 같은 후회로 한번쯤 고민한 경험이 있을 것이다. 모든 유혹을 뿌리치고 애써 사색의 길을 걸어왔는데, 우연히 접한 한 권의 책에서 그동안 자신이 해왔던 모든 노력의 결과와 보상이 저자의 명확한 통찰과 논리에 의해 하나의 진리로 탄생되어 있는 것을 확인했을 때 말이다. 사실 이런 경우처럼 세월이 허망하게 느껴지는 때도 없다.

그러나 우리는 명심해야 한다. 나만의 고유한 사색에 의해 어떤 진리에 도달했다면, 비록 그 내용이 앞서 다른 책에 기재되었을지라도 타인의 사상과 바꿀 수 없는 소중한 체험이라는 점이다.

그 까닭은 다음과 같다. 첫째, 비록 동일한 모습과 형태를 갖춘 진리일지라도 생성된 모태는 엄연히 다르다. 다시 말해 산의 정상일지라도 오르는 사람의 개성과 방법에 의해 결과가 달라질 수 있다. 우리가 사색을 통해 기대하는 결과는 단순히 산 정상에 도달했다는 물리적 결과만이 아니라 정상에 도달하는 동안 겪었던 체험도 포함되어 있다. 둘째, 이 같은 개별적인 체험에 의해 동일하게 얻어진 진리도 그 적용 결과가 달라

질 수 있다. 셋째, 고유한 사색을 통해 얻어진 진리이기 때문에 독서를 통해 우연히 획득한 진리와 달리 어떤 환경 변화가 발생해도 결코 소멸되지 않는다. 그러므로 진리를 획득하는 이 같은 과정은 괴테[2]가 남긴 다음과 같은 격언에서 그 진정한 의미를 깨닫게 된다.

> 그대의 조상이 남긴 유물을
> 그대 스스로의 힘으로 획득하라.

즉 스스로 사색하는 자는 자신의 의견을 먼저 정립한 후 비로소 이를 보증하고자 권위 있는 학설을 습득하여 그 의견을 보충한다. 반면에 '서적 철학자'는 타인의 권위에서 출발한 후 이들의 학설을 긁어모아 하나의 체계를 정리한다. 그러므로 타인으로부터 얻은 재료로 만들어진 철학이 인형이라면, 자신의 사색으로 만든 철학은 살아 있는 인간인 것이다.

타인에게서 배운 진리는 장애인의 생활을 돕는 의수, 의

---

2 요한 볼프강 폰 괴테(Johann Wolfgang von Goethe, 1749~1832) ; 독일의 시인, 소설가, 극작가. 라이프치히 대학과 스트라스부르 대학에서 수학한 후 슈투름운트드랑 예술운동에 참가했다. 24세 때 『젊은 베르테르의 슬픔』으로 일약 문명을 날렸고, 소설 『빌헬름 마이스터의 수업시대』와 『친화력』, 자서전 『시와 진실』, 희곡 『파우스트』, 서사시 『헤르만과 도로테아』·『서동시집』 등을 펴내어 실러와 함께 독일 문학의 황금기를 이루었다. 고전주의와 낭만주의 시대를 통하여 전인적인 창조력으로 거대한 업적을 남겼다.

족, 틀니와 같다. 혹은 타인의 살점을 이용해 코를 세우거나, 이마의 주름을 펴는 성형수술에 불과하다.

그러나 스스로 사색을 통해 진리를 획득하는 것은 선천적으로 물려받은 수족으로 노동하는 것과 같다. 이것이야말로 진정한 철학이며 사상이다. 사상가와 단순한 학자의 차이가 바로 여기에서 구별된다.

스스로 사색하는 자의 정신은 영원히 기억될, 아름답고 생생한 회화에 비유할 수 있다. 빛과 그림자의 완벽한 배합, 온화한 색조, 현실적으로 배치된 색채의 어우러짐이 훌륭한 회화를 완성하는 데 비해, 서적 철학자의 작품은 비록 풍부한 색채를 자랑하지만, 조화가 결여된 싸구려 모조품 같은 느낌을 준다.

사색처럼 유쾌한 활동은 없다

독서란 자신의 머리가 아닌 타인의 머리로 생각하려는 행위를 말한다. 오랫동안 책을 읽다 보면 저자의 사상이 머릿속으로 흘러들어오는 것 같은 느낌을 받는 이유는 그 때문이다. 완벽한 체계라고는 할 수 없어도 항상 스스로 정리된 사상을 잉태하고자 노력하는 사색에 이보다 더 해로운 활동은 없다. 왜냐하면 타인의 사상은 나와 다른 지성과 의지에서 생성된 까닭에 체계가 다르고, 색채가 다르기 때문이다.

즉 타인의 신체조직을 나의 몸에 이식하는 것처럼 반감이 생긴다. 마치 창세기의 바빌론을 연상케 하는 언어적 혼란이 엄습하고, 끝내는 지나치게 주입된 타인의 정신에 의해 내가 지닌 고유한 통찰력이 모두 상실되는 것이다.

많은 학자들이 이 같은 덫에 걸려 넘어지고 있으며, 일반인보다 오히려 판단력이 결여된 미숙한 행동을 보이는 이유도

이 때문이다. 이들은 경험과 대화와 약간의 독서로 축적된 지식을 통해 사람들을 자기 생각대로 지배하고, 통일시키려고 한다. 독서에 의해 체계적인 학식을 습득해야 하는 철학자들도 이들과 같은 길을 걷는다.

사상가 또한 다량의 지식을 필요로 하며, 그 때문에 엄청난 양의 책을 읽는 것이다. 그러나 정신력이 매우 강하기 때문에 일반적인 학자와 달리 모든 내용을 소화하여 자신의 사상 체계에 병합시킬 수 있다. 즉 그들은 정신적 시야가 넓기 때문에 유기적이고 조직적인 통찰력을 발휘해서 모든 재료를 하나의 주제 아래 병합시킬 수 있는 것이다. 마치 파이프오르간의 기본 저음이 모든 음계를 관통하며 울려퍼지는 것처럼, 사상가의 철학도 습득된 학문적 지식에 의해 지워지지 않는다. 그렇기 때문에 단지 많은 지식을 저장하기만 한 두뇌는 이런 과정을 경험할 수 없다. 그들이 내뿜는 사상은 모든 음색이 서로 각자의 목소리를 주장하는 것처럼 시끄럽기만 할 뿐이다.

사색하는 인생은 남다르다

독서로 삶을 허비하는 것은 여행 안내서를 통해 어떤 지방의 풍속에 정통해지는 여행 안내인의 삶과 다를 바 없다. 이런 여행 안내인들은 그 지방의 풍물과 역사를 빠짐없이 알고 있지만 정작 그곳의 토지가 어떤 상태인지, 봄에는 어떤 꽃이 피는지, 겨울이 되면 눈은 얼마나 오고, 어떤 일이 벌어지는지에 대해서는 아무것도 모른다.

사색하는 인생은 이와는 사뭇 대조적이다. 이들은 자신의 두 발로 그 지역을 직접 여행한 사람에 비유할 수 있다. 이런 사람만이 지역의 진정한 특색에 대해 말할 수 있고, 환경이 인간에게 어떤 영향을 끼치는지에 대해서도 정확하게 의견을 표출할 수 있다.

사색하는 사람과 평범한 독서광

평범한 서적 철학자와 스스로 사색하는 사람의 관계는 역사학자와 목격자의 관계와 비슷한 면이 있다. 스스로 사색하는 사람은 직접 그 사항을 파악한 후 이야기한다. 따라서 자기 나름대로 주관적인 사색을 진행시켰음에도 불구하고 모든 사상가들에겐 공통적인 일치점이 발견되며, 단지 주관적인 입장의 차이에 의해 약간의 개성이 존재할 뿐이다. 그런데 간혹 입장도 같고 주장도 서로 같을 때가 있다. 그 이유는 그들이 객관적으로 파악한 사실만을 주장했기 때문이다.

이에 비해 서적 철학자는 여러 사람들의 말이나 의견, 또는 반론 등을 정리하는 데 매진한다. 그의 임무는 비교하며 고려하는 것이기 때문이다. 그는 상대를 단지 비판하기 위해 존재하며, 진리보다는 이 같은 진리를 잉태한 배후를 파악하고자 노력한다. 그런 의미에서 비판적인 방법을 무기로 삼는 역사학자와 비슷한 점이 많다.

예를 들어 서적 철학자와 역사학자가 라이프니츠[3]를 공동으로 연구할 때 그들은 동일한 방법을 선택하게 되는데, 라이프니츠가 한때 스피노자[4]를 추종했는지 아닌지 같은 본질과 상관없는 문제를 연구하는 식이다.

우리는 한 사람의 사상가가 지불하는 수많은 노고에 의심을 품게 될 때도 있다. 그들이 전 생애를 바쳐 힘겹게 추구한 사상에 별로 힘들이지 않고도 도달할 수 있다고 느껴지기 때문이다. 그러나 이처럼 누구나 쉽게 이해할 수 있을 만큼 사상을 명료하게 만드는 것이 바로 사상가의 임무이다. 단순히 사색하고 싶다는 의지가 느껴진다고 해서 사색이 이루어지는 것은 아니다.

---

3 고트프리트 빌헬름 폰 라이프니츠(Gottfried Wilhelm von Leibniz, 1646~1716) ; 독일의 철학자, 물리학자, 수학자, 신학자. 독일 근세 철학의 원조이다. 미적분학을 창안했으며, 유고집인 『단자론』에서 "우주의 질서는 신의 예정 조화 속에 있다"는 예정조화설을 전개했다. 『형이상학 서론』, 『변신론』, 『인간오성신론』 등의 저서가 있다.
4 바루흐 스피노자(Baruch Spinoza, 1632~1677) ; 네덜란드의 철학자. 유대인이었으나 무신론자라 하여 유대교단에서 파문된 이래, 빈곤과 고독 속에서 저술에만 전념했다. 데카르트의 합리주의 철학에 결정적인 영향을 받았으며, "모든 것이 신이다"고 하는 범신론(汎神論)을 역설했으면서도 죽은 후에까지 유물론자·무신론자로서 두려움의 대상이 되었다. 『에티카』, 『신학정치론』, 『지성개조론』, 『국가론』 등의 저서가 있다.

책상머리 바보

책상에 앉는 것은 누구나 가능하다. 그러나 책상에 앉아 있는 시간이 곧 생각이 되는 것은 아니다. 사상은 아무나 원한다고 해서 얻어지는 결과가 아니며, 오직 타고난 능력과 인내를 통해 감춰진 사상의 신비를 벗길 수 있는 몇몇 선구자들만이 우리에게 위대한 사상을 제공하게 된다. 외부에서 시작된 자극이 내부의 감정과 만나 긴장을 만들어내고, 이 두 가지가 일치되어 대상에 대한 사색이 움트기 시작한다. 이처럼 특수한 경험은 일반인들이 쉽게 도달할 수 없는 경험이다. 사색이 의지와 아무런 관계가 없다는 사실은 우리의 개인적인 경험을 반추해보더라도 쉽게 알 수 있는 일이다.

우리가 어떤 문제와 맞닥뜨렸을 때 누구나 이 문제를 타파하고야 말겠다는 결심은 할 수 있다. 그러나 이 문제를 과연 어떻게 풀어야 할지 그 해답을 얻는 것은 좀처럼 쉬운 일이 아니다. 왜냐하면 결심은 의지의 역할이기에 누구나 가능하지만, 이 같은 결심을 인도하는 사색은 문제를 해결하고야 말겠다는 의지의 명령을 따르지 않기 때문이다. 그러므로 억지로 생각한다고 해서 무조건 사색이 되는 것은 아니다. 다만이 같은 생각의 파편들이 자연스레 심오한 사색으로 발전하기를 조용히 기다릴 뿐이다. 더구나 이런 마음가짐은 뜻하지 않게 찾아오므로 항상 마음을 비우고, 되도록 의지에서 멀어질 기회를 모색해야 한다. 이런 과정을 거쳤을 때 비로소 성숙한 사색이 잉태되고, 그 결과 개인의 고유한 사상이 결실을 맺게 된다.

학문적인 연구에서도 이와 마찬가지의 과정이 수반되어야 한다. 어떤 문제에 맞닥뜨리더라도 때를 기다려야 하며, 아무리 뛰어난 두뇌를 가졌을지라도 언제 어디서나 사색의 경지에 도달할 수 있는 것은 아니라는 점을 명심해야 한다. 따라서 흐트러진 생각으로 괴로울 때는 차라리 책을 한 권 집는 편이 낫다. 다만 앞서 설명한 바와 같이 독서는 사색의 대용품으로 정신에 재료를 공급할 수는 있어도 우리를 대신해서 저자가 사색해줄 수는 없다는 점을 기억해야 한다. 다독을 피해야 하는 이유가 바로 여기에 있다. 다시 말해 대용품, 즉 독서가 실제적인 사색을 방해할 수도 있다.

현실의 세계와 가공의 세계

인간은 누구나 쉬운 길을 선호하게 마련이다. 그래서 동일한 사색도 나의 개인적인 사색보다는 책을 통해 작가의 사색을 좇는 것을 더 좋아한다. 눈앞에 놓인 가시밭길보다 작가의 발자국이 선명하게 찍힌 평탄한 길을 더욱 사모하는 것이다. 다독의 함정이 바로 여기에 있다. 지나친 독서는 현실에 대한 감각을 떨어뜨리는 위험성이 내포되어 있다.

진정 스스로 사색하는 자가 되고 싶다면 무엇보다 그 소재를 현실세계에서 찾아야 한다. 그런데 독서는 어디까지나 작가에 의해 가공된, 인공적인 현실이다. 따라서 독서를 통해 발견하는 소재 또한 인공적일 수밖에 없다. 현실세계에 존재하는 소재는 활기가 넘치고 살아 있다. 살아 있기 때문에 사색의 공간에서 마음껏 뛰놀 수 있는 것이다.

이렇게 생각하면 독립적인 사상가와 서적 철학자의 구분

을 좀더 명확히 할 수 있을 것이다. 사상가와 서적 철학자의 특징은 문제를 다루는 태도에서 극명하게 대비된다. 독립적인 사상가가 어떤 문제에 대해 직접적인 참여를 선택한다면, 서적 철학자들은 이와 비슷한 오래된 고물을 찾아 방황하고, 옛날부터 전해 내려오는 낡은 개념, 즉 낡아빠진 도구를 결과로 제시한다.

이들이 내세우는 주장은 복제품을 다시 복제한 것처럼 닳고 닳은 진부한 철학뿐이다. 이미 수명이 다한 언어에 약간의 유행어를 섞은 서적 철학자들의 문체는 마치 타국의 화폐를 통화로 사용하는 약소국처럼 어딘지 모르게 비애가 느껴진다.

사색보다 경험을 앞세우는 사람

독서와 마찬가지로 단순한 경험도 사색에는 그다지 도움이
되지 않는다. 단순한 경험과 사색의 관계는 음식물을 먹는 입
과 이를 소화시키는 위장의 관계에 비유할 수 있다. 우리가 입
을 통해 음식물을 먹을 수 있었다는 한 가지 사실만 떠올리며
위장보다 입을 더 중요하게 생각하는 것처럼, 많은 사람들이
경험을 통해 여러 가지 사실들을 발견할 수 있었다는 이유로
사색보다 경험을 더 중요하게 여긴다.

평범한 것

재능을 타고난 사람들이 남긴 작품은 평범한 사람들의 저작과 구별될 수밖에 없다. 다시 말해 단호한 어조와 확고한 신념, 그리고 이를 뒷받침하는 명석한 표현법은 결코 노력이나 운으로 얻을 수 있는 능력이 아니다. 천재들은 그 형식이 산문이든, 또는 시나 음악이든 상관하지 않는다. 어떤 형식에도 구애받지 않고 자신이 표현하고 싶은 주제를 드러낼 수 있다. 이 같은 단호함이 발견되지 않는 작품을 가리켜 우리는 평범하다고 말하는 것이다.

스스로 결정하는 힘

최고의 정신이 보여주는 특징은 판단을 결코 타인에게 의지하지 않고, 직접 자신의 힘으로 결정한다는 데 있다. 이 같은 정신의 소유자가 제시하는 의견은 스스로 사색한 데 따른 결과이다. 이처럼 뛰어난 사람들은 독일제국의 제후처럼 정신의 제국에서 자기만의 세계를 꿈꾼다.

이에 비해 평범한 인간들은 제후의 신하에 불과한데, 이는 그들이 보여주는 문체의 특성만 파악하면 누구나 쉽게 예측할 수 있다. 그들의 문체에는 종속적인 인간으로 살아갈 수밖에 없는 특징이 고스란히 드러난다.

진정한 사색자는 군주와 비슷하다. 그는 누구의 힘도 빌리지 않고, 독립적인 지위를 확보하고 있으며, 자신의 위에 서려는 모든 자들을 인정하지 않는다. 모든 판단을 군주가 결정하듯 자신의 절대적인 권력에 의해 결론을 내리고, 그 결론은 오직 자기 자신만이 기준이 될 수 있다. 군주가 타인의 명령을 승인하지 않는 것처럼 사색자는 권위를 인정하지 않으며, 스스로 참된 진리를 확인하는 것 외에는 그 어떤 결과도 승인하지 않는다.

권위를 앞세우는 사람

세상의 보통 사람들은 어려운 문제와 맞닥뜨리게 되면 권위 있는 말을 인용하고 싶어한다. 그들은 자신의 이해력과 통찰력을 활용하는 대신 타인이 남긴 침전물을 동원하고, 이를 자기 생각보다 더욱 확신한다. 물론 동원하고 싶어도 최소한의 능력조차 부족해 결국 문제를 해결하지 못한 채 짓눌리는 자들도 많다. 이런 자들의 수는 어마어마하다. 세네카[5]의 말처럼 "사람들은 판단하는 것보다 다른 사람의 말을 믿고 싶어한다."

그러므로 어떤 논쟁을 하게 되었을 때 그들이 주로 선택

---

5 루시우스 아나에우스 세네카(Lucius Annaeus Seneca, 기원전 4?~65) ; 고대 로마제정기의 스토아 철학자. 로마에서 변론가로 성공하여 네로 황제의 교사와 집정관 등을 지냈으나, 모반의 혐의를 받고 자살했다. 저서 『도덕적 서한』 등에서 고귀하고 엄숙한 도덕을 주창하여 후세에 큰 영향을 주었다.

하는 무기는 권위이다. 그들은 수집한 여러 가지 권위를 무기로 선택한 후 서로 싸움을 한다. 그렇기 때문에 어쩌다가 이런 싸움에 말려든 자가 자신의 근거나 논리를 무기로 삼은 후 자력으로 대항하더라도 권위에 취한 그들을 일깨우지 못한다.

이 같은 자체적인 논증에 대항하는 그들은 비유컨대 죽지 않는 지그프리트[6]로서 사고불능, 판단불능에 빠진 사람들이라고 할 수 있다. 때문에 그들은 타인의 자발적인 논리를 인정하지 않으며, 오직 사라진 자들이 남겨둔 권위만을 유일한 논거로 여기게 된다.

---

6 지그프리트(Siegfried) ; 게르만 민족의 영웅·전설 가운데서 가장 빛나는 영웅 중의 영웅.

아름답고 풍요로운 정신의 행복

현실에서는 아무리 아름다운 행복과 쾌적한 생활이 지속되더라도 항상 중력의 영향 아래 살아갈 수밖에 없다. 이것은 존재의 법칙 중 하나로서 우리가 소원한다고 해서 결코 사라지는 법이 없다. 그러나 사상의 나라에서 우리는 물체가 아닌 정신이며, 중력이라는 필연적인 무거움에서 벗어날 수 있다. 그러므로 지상의 어떤 행복도 아름답고 풍요로운 정신의 행복과는 비교할 수 없다.

영혼과 연인

영혼에 사상을 품고 살아가는 것과 가슴에 연인을 묻고 살아가는 것은 동일한 현상이다. 우리는 영혼에 새겨진 사상이 절대로 떠나지 않을 것이라고 생각한다. 그러나 사랑하는 사람에게 그 진실한 마음을 보여주고, 결혼이라는 끈으로 하나가 되지 못하면 결국 소멸하는 것처럼 위대한 사상도 종이에 써두지 않으면 언젠가 사라지고 만다.

사색의 가치

대부분의 사상은 개인적인 사색의 결과, 그 사상에 도달한 사람에 의해서만 가치를 지니게 된다. 그리고 몇몇 소수의 사상만이 독자의 이해를 통해 계속적으로 생존하는 힘을 얻는다. 바꿔 말해 글을 쓴 후에도 독자의 관심을 얻지 못한다면 결국 사라지는 것이다.

자신을 위해 사색하는 사람

가장 큰 가치가 있는 경우는, 한 사람의 사상가가 오직 '자기 자신을 위해' 사색하여 얻어진 사상뿐이다. 일반적으로 사상가는 자신을 위해 사색하는 자와 갑자기 타인을 위해 사색하겠다고 나서는 자로 분류할 수 있다.

첫 번째 타입에 속하는 사람들이야말로 진정한 사상가이며, 우리는 이들을 가리켜 '스스로 사색하는' 자라고 정의할 수 있다. 그 이유는 그들이야말로 진정한 '철학자', '지식을 사랑하는 자'이기 때문이다. 다시 말해 그들만이 진지하게 혼신을 기울여 사물을 깨닫고자 노력하며, 이 같은 지식을 얻는 데 필요한 노력, 즉 사색을 존재의 즐거움이자 행복으로 여기기 때문이다.

두 번째 타입의 사상가는 '소피스트'이다. 그들은 세상이 사상가라고 '취급해주기를' 염원하며, 세인들로부터 명성을 얻고자 갈망하고, 이것을 유일한 행복으로 여긴다. 그들의 진지한 노력은 이처럼 타인의 평가에 의해서만 이루어질 수 있다. 어떤 사상가가 이 두 가지 타입 중 어느 편에 속하는가를 알고 싶다면 그의 평소 행동을 유심히 관찰해보면 된다. 리히텐베르크[7]는 첫 번째 타입에 속하는 전형적인 인물이며, 헤르더[8]는 항상 두 번째 타입을 존중하는 거짓된 소피스트일 뿐이다.

---

7 게오르크 크리스토프 리히텐베르크(Georg Christoph Lichtenberg, 1742~1799) ; 독일의 물리학자, 계몽주의 사상가. 전통과 인습에 구속되지 않는 오성(悟性)과, 인간의 심리를 꿰뚫어보는 눈, 풍자와 유머 등의 재능을 겸비한 인물이었다. 사진 건판의 전극 실험에서 '리히텐베르크 도형'을 얻었다. 셰익스피어극 배우의 연기를 뛰어나게 분석함으로써 독일배우 비평의 기초를 닦았으며, 『호가스의 동판화 설명』은 영국의 풍자화가 윌리엄 호가스의 동판화를 해설함으로써 독일 시민사회의 병폐에 일침을 가한 탁월한 문명비평 및 사회비평서로 평가된다. 대학시절부터 써왔던 『잠언집』은 후에 니체 등에게 많은 영향을 미쳤으며, 오늘날에도 심리적 인간관찰의 집대성으로 높이 평가된다.
8 요한 고트프리트 폰 헤르더(Johann Gottfried von Herder, 1744~1803) ; 독일의 철학자, 문학자. 신비주의 색채가 짙은 민족적 정신문화를 깊이 이해한 인물로, 체계적인 철학은 없었으나 독일의 역사철학, 특히 괴테에게 많은 영향을 주었다.

생각하는 동물

우리의 존재, 이 모호한 고뇌와 격정! 순간적인 꿈과 흡사한 우리의 존재는 철학에서 가장 중요한 '문제'로서, 한번 이 같은 문제에 눈을 뜨게 되면 다른 문제와 목적은 모두 그 그림자에 덮여버릴 정도다. 그러나 몇 가지 예외를 제외하면 대부분의 사람들은 이 문제에 대해 명확히 인식하지 못한 채 살아가고 있다. 뿐만 아니라 이 문제를 깨닫고 싶어하지 않는다.

그들은 이 같은 문제에서 해방되기 위해 전혀 성격이 다른 문제에 관심을 기울이고, 다만 오늘이라는 날짜와 자신의 생활에 관련 있는 내일이라는 순간에만 마음을 기울이며 무의미한 나날을 보내고 있다. 그들은 이런 문제를 고의로 무시하고 있거나, 이런 문제는 몇몇 철학자들의 형이상학적인 연구와 더불어 이 세상에서 소멸했다고 믿어버리는 것 중 하나를 선택했다고 생각된다.

그런데 이처럼 존재한다는 의미의 중요성에 대한 사람들의 일상적인 태도를 주목해보면, 인간이란 넓은 의미에서 '생각하는 동물'에 지나지 않는다는 결론에 이르게 되고, 그 후로는 인간에게서 어떤 종류의 어리석은 특징을 발견하더라도 이상한 생각이 들지 않게 되어 오히려 인간의 진실을 파악하게 되는 것이다. 즉 평균적인 수준의 인간이 보여주는 지적 시야는 동물의 시야, 다시 말해 미래와 과거를 의식하지 않고 모든 전제를 하나의 현재에 국한시키는 동물의 시야를 초월하는 데는 성공했지만, 우리가 평생토록 생각하는 그 무한이라는 거리가 사실은 동물적인 시야로 관찰한 결과는 아닌가 하는 생각을 하게 된다.

대화를 할 때도 일반인들의 사색은 짧고 단편적이기 때문에 그들과 나눈 대화에서 기나긴 사색의 실을 뽑아낸다는 것은 사실상 무리이다. 이 또한 방금 설명한 것과 일치하는 부분이다.

이 세계가 만일 진지하게 생각하는 생물들로 넘쳐나고 있다면 모든 종류의 소음이 무제한적으로 방임되는 현실은 결코 올 수 없었을 것이다. 현재 우리가 느끼는 두려움은 온갖 종류의 소음에서 시작되었다.

자연의 사색을 인간의 본성이라고 정의한다면, 자연은 소음에 약한 인간에게 결코 귀를 달아주지는 않았을 것이다. 만약 어떤 이유에서 귀가 필요했다면 최소한 박쥐처럼 공기를 흘려보내지 않는 밀폐형의 늘어진 덮개를 만들어주었을지도 모른다. 나는 그런 장치가 달린 귀를 가진 박쥐가 부럽다.

다른 동물들과 마찬가지로 빈약한 동물로서의 삶이 인간의 실상이며, 우리가 가진 힘은 자신의 생명을 유지하기 위해서만 사용될 뿐이다. 이를 위해서는 세상의 모든 소음에 귀를 열어두는 수밖에 없다. 그 귀를 통해서만 우리의 존재를 의심하는 추적자로부터 도망칠 수 있기 때문이다.

쇼펜하우어의 사색 노트

: 사색과 습득을 통해 얻은 지식이야말로 진정한 지식이다.

: 스스로 사색하는 정신은 어떤 환경에도 구속받지 않는다.

: 스스로 이해할 때 생각의 꽃이 핀다.

: 스스로 사색하는 정신은 나침반과 같다.

: 사색의 유쾌함을 즐겨라.

: 사색하는 인생은 남다르다.

: 책상에 앉아 있는 시간이 사색이 되는 것은 아니다.

: 스스로 사색하는 자가 되고 싶다면 그 소재를 현실에서 찾아야 한다.

: 최고의 정신은 남에게 의지하지 않고 자신의 힘으로 결정하는 데 있다.

: 가장 큰 가치는 자기 자신을 위해 사색한 결과에서 얻어지는 사상이다.

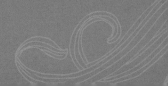

글쓰기와 문체 ; 자신의 사색을 녹여서 쓰기

누구나 쉽게 이해하는 글쓰기처럼 어려운 일은 없다

모호한 글쓰기_쓰기 위해 쓴 글

저술가에겐 두 가지 타입이 있다. 사물의 본질을 밝혀내기 위해 글을 쓰는 사람과, 무언가를 쓰기 위해 사물을 관찰하는 사람이다. 첫 번째 타입의 저술가는 고유의 사상과 경험을 소유한 사람으로서 이를 독자에게 전달하는 데 글쓰기의 가치를 둔다.

두 번째 타입의 저술가는 돈을 목적으로, 즉 돈을 벌기 위해 글을 쓴다. 따라서 그들은 무언가를 쓰기 위해 사고한다. 이런 저술가들에게서 발견되는 특징은 다음과 같다. 이들은 될 수 있는 한 오랫동안 엉켜진 사상의 실타래를 붙들고 늘어지는 경향이 있다. 사실의 진위가 불분명하거나 왜곡된 것은 아무런 방해가 되지 않는다. 게다가 자신의 허구성을 감추기 위해서라도 항상 형태가 모호한 사상을 즐겨 애용한다. 따라서 그들의 문장은 명확함과 명료함이 결여되어 있다.

우리는 이 같은 특징을 통해 그들이 단지 원고지의 빈 여백을 메우기 위해 붓을 들었다는 사실을 깨닫게 된다. 우리가 평소 즐겨 읽는 훌륭한 저술가의 글에서도 이 같은 사례를 쉽게 찾아볼 수 있다. 예를 들어 레싱[9]의 연극론이나 장 파울[10]의 소설 몇 편에서도 이처럼 빈 여백을 메우고자 어쩔 수 없이 붓을 들고 사상의 실타래를 힘겹게 쫓아다닌 수고의 흔적을 발견할 수 있다. 우리가 어떤 책을 통해 저술가의 이 같은 거짓된 모순을 발견했다면 그 즉시 손에 들고 있던 책을 버려야 할 것이다.

시간은 너무나 소중한 조건이다. 그러므로 저자가 단순히 원고지를 메우기 위해 집필한 책을 읽는다는 것은 그 자체로 저자에게 기만당한 것과 마찬가지다. 대다수의 저자들은 독자에게 무언가 전달해야 할 지식이 있다는 명분을 내세우고 있다. 그런데 그 명분이 실은 저자의 변명에 불과했다면 우리가

---

9 고트홀트 에프라임 레싱(Gotthold Ephraim Lessing, 1729~1781) ; 독일의 극작가, 비평가, 계몽 사상가. 프랑스 고전극의 모방을 배격했으며, 평론 『라오콘』에서 시와 회화를 구별할 것을 논했다. 계몽주의 입장에서 종교의 자유와 관용을 주장했으며, 독일 고전문학의 수립자로 평가된다.

10 장 파울(Jean Paul, 1763~1825) ; 본명은 프리드리히 리히터. 독일의 소설가. 괴테 시대의 서민에게 인기를 모은 소설을 썼으며, 고전주의와 낭만주의 사이에서 특이한 위치를 차지한다. 후세의 리얼리즘 작가에게 큰 영향을 주었다. 『부츠 선생의 즐거운 생애』, 『미학입문』 등의 저서가 있다.

그들의 책을 읽어주는 것 자체가 바로 기만인 셈이다.

보수와 저작권 침해 금지라는 두 가지 명제가 오늘날 문학을 파멸시킨 원인이라고 생각 한다. 사물의 진리를 밝히기 위한 사명감으로 붓을 드는 작가에게만 기록할 수 있는 권리를 허용해야 한다. 문학의 모든 영역에서 비록 그 수는 적더라도, 혹은 단 한 권의 책만이 진실을 담게 되더라도 그 한 권의 책이 우리에게 미치는 영향은 가치를 헤아릴 수 없을 만큼 위대하다. 그러나 저술이라는 활동이 보수라는 금전적 이익으로 직결되는 현실에서 이것은 사실상 불가능하다. 마치 모든 인세印稅에 저주가 걸린 것처럼 어리석은 파멸이 반복되기 때문이다.

어떤 저술가라도 인세를 목적으로 붓을 들기 시작하면 그 즉시 작가로서의 파멸이 기다리고 있다. 오늘날 위대한 작품으로 인정받는 걸작들은 대부분 작가가 무명시절 인세 따위에 연연하지 않는 상황에서 내면의 절박함을 토로하기 위해, 즉 자기희생을 통해 잉태되었다. 이 같은 역사적 사실은 우리에게 스페인의 다음과 같은 격언이 진리였음을 일깨워준다. "명예와 돈을 같은 자루에 담을 수는 없다."

독일과 그 밖의 여러 나라에서 현재 문학이 비참한 사회적 대우에 직면한 가장 직접적인 원인은 저술을 통해 돈이 생성되는 구조 때문이다. 돈이 필요한 자는 누구든지 책상에 앉아 글을 쓴다. 그리고 민중은 어리석게도 이렇게 써진 책을 구입한다. 이런 현상 때문에 언어는 또다시 추락을 경험한다.

저급한 저술가들이 살아남을 수 있는 원천은 신간만을 찾는 어리석은 민중에게 있다. 그러므로 그들의 직업은 저술가가 아니라 일당제 저널리스트이다.

글쓰기의 3가지 유형

우리 시대의 저술가는 세 가지 그룹으로 나눌 수 있다. 첫 번째 그룹에 속하는 사람들은 생각하지 않고 글을 쓴다. 다시 말해 자신의 지극히 개인적인 기억과 추억을 바탕으로 글을 쓰거나, 타인의 저서를 인용하는 것이다. 저술가 중 대부분이 첫 번째 그룹에 속한다. 두 번째 그룹에 속하는 사람들은 쓰면서 생각한다. 즉 무엇인가 쓰기 위해 생각하는 것이다. 이 또한 매우 많은 수를 헤아리고 있다. 마지막으로 세 번째 그룹에 속하는 사람들은 책상에 앉기 전에 필요한 모든 사색을 끝마친다. 그들이 남긴 저작은 오래 전에 자신의 머릿속에서 결론을 내린 확고한 신념의 결과이다. 그러나 안타깝게도 그 수는 극히 적다.

두 번째 그룹의 사람들, 즉 쓰기 전까지는 아무 생각도 할 수 없는 작가들은 사냥을 나가기 직전에 하늘에 모든 운을 맡기는 사냥꾼에 비유할 수 있다. 이에 비해 세 번째 그룹은 사육이라고 볼 수 있다. 울타리를 치고, 필요한 짐승을 길들이는 것이다. 즉 언제든 원하는 수만큼 짐승을 잡을 수 있다. 게다가 사육의 방법도 여러 가지다. 자신의 철학에 맞게 방목할 수도 있고, 양식을 선택할 수도 있다. 하늘에 운을 맡기는 사냥꾼보다 훨씬 경제적이고 지혜로운 방법인 것이다.

그런데 이렇게 책상에 앉기 전에 모든 사색을 끝마치는 소수의 저술가 중에서도 자신의 사고능력으로 묘사할 대상, 즉 어떤 사물에 대한 고뇌에 심취하는 부류는 극히 일부이다. 대부분의 경우 타인의 저술을 통해, 즉 타인의 주장에 대한 사색에 골몰하는 경우가 압도적으로 많다. 따라서 이들이 사색하기 위해서는 타인에 의해 공급되는 사상이 절대적으로 필요하며, 그 결과 자신만의 새로운 주장이라든가 독특한 세계를 건설하지 못한 채 모방으로 끝나버린다.

그러나 이들 그룹에서도 극히 일부는 특정 사물의 영향을 받아 자신만의 사상을 건설하는 데 성공한다. 우리는 이들에 의해 영원한 생명을 가진 저작물을 만나게 되는 것이다. 물론 지금 내가 여기서 설명하고자 하는 대상은 정신의 존엄성을 다루는 진정한 저술가이며, 비록 독창적이더라도 자극이 강한 값싼 술을 제조하는 데 열중하는 비위생적인 삼류 저술가들은 제외이다.

집필하고자 하는 테마의 소재를 자신의 머릿속에서 끄집어낼 수 있는 작가만이 후세에도 그 가치가 변하지 않는 위대한 저술가로 기억될 것이다. 그런데 대부분의 작가들은 필요한 테마의 소재를 타인의 저술에서 도용하는 경우가 적지 않다. 이것은 일종의 강탈이며, 범법행위이다. 그들은 지혜를 빌려준 다른 작가들에게 지적인 통행세를 납부하거나, 급료를 지불하지도 않는다(그들은 자신의 저작에 쓸어 담은 그 많은 내용들을 모두 알고 있다고 주장하지만, 그것은 거짓말이다. 왜냐하면 그들에게 약간의 지성이라도 존재한다면 지성은 정리를 위해 그들이 도용한 내용들을 감소시킬 것이 뻔하기 때문이다). 게다가 타인의 책에서 자신의 손가락으로 옮겨지는 글쓰기의 결과, 무엇을 주장하고 있는지, 대체 무슨 의미를 담고 있는지 도저히 이해할 수 없는 문구들이 나열되기 일쑤다. 그 때문에 공연히 독자의 머리만 혹사당하는 경우가 많다.

그 이유는 작가 스스로가 책을 집필할 때 아무런 생각도 하지 않았기 때문이다. 책을 쓴 장본인이 아무 생각도 하지 않았는데 어떻게 그 책을 읽는 독자가 작가의 생각을 파악할 수 있겠는가. 더구나 그들이 편의를 위해 인용한 책들 역시 이와 동일한 방법으로 씌어진 경우도 많다. 즉 모형의 모형을 떠서

석고상을 만든 셈이다. 따라서 이 같은 현상이 연쇄적으로 반복되면, 결국 아름답기로 유명한 안티누스[11]의 얼굴도 나중에는 눈과 코조차 분간할 수 없는 지경에 이를지도 모른다.

그러므로 우리는 되도록 편찬이라는 이름으로 출간된 책들을 멀리해야 한다. 내가 이 점을 특별히 강조하는 이유는, 우리가 이렇게 씌어진 책들에서 완전히 자유로울 수 없기 때문이다. 몇 세기 동안 축적된 인류의 지식이 불과 수십 페이지에 불과한 교과서에 압축되어 학생들에게 주입되는 현실에서 알 수 있듯이 오늘날 편찬은 모든 지적인 분야에 그 더러운 입김을 뿜어대고 있는 것이다.

우리에게는 지난날 간행된 모든 지식을 시대의 변천에 맞게끔 개선해야 할 의무가 있으며, 어떤 형태의 변화이든 올바른 진보로 이끌어야 할 책임이 있다. 그중에서도 사색적인 두뇌와 올바른 판단력, 그리고 진지한 관찰로 사물의 본질을 밝히는 데 앞장서야 할 저술가들은 가장 막중한 사회적 책임을 지고 있다. 이들은 하늘을 나는 새가 아니라 꿈틀거리며 기어다니는 곤충처럼 사회와 인생의 밑바닥부터 헤아려야 한다.

---

11 안티누스(Antinus) ; 고대 로마의 하드리아누스 황제가 사랑했던 미소년. 그의 모습은 많은 전신상, 흉상, 보석세공, 화폐 등에 새겨져 청년의 이상미로 표현되었다.

또한 이것이야말로 진리를 생활로 승화시키고자 하는 문필가들의 공통적인 목적이라고도 할 수 있다.

그런데 오히려 이런 막중한 책임을 떠안은 자들이 세상을 자기 멋대로 변화시키고자 서슴지 않고 진리를 왜곡하며, 사실을 조작하고, 여론을 호도한다. 이런 경향이 오늘날 문필가의 당면한 사회적 임무처럼 인식되고 있다. 그러므로 책을 통해 진리를 깨닫고 싶은 독자라면, 혹은 책을 통해 어떤 학문적 연구를 진행시킬 작정이라면 될 수 있는 한 새로 나온 책에서 멀리 벗어나는 게 상책이다.

욕망의 패러독스

학문은 항상 진보한다고 믿는 것이 당연한 진리이지만, 오늘날 상황은 냉혹하게 변모했다. 오늘날 학문의 진보를 믿는 것은 어리석으며, 더구나 신간이 새로운 시대적 요청을 반영하고 있다는 맹신은 더욱 위험하다. 물론 새롭게 발간된 책 중 지나간 세월의 고전에서 그 빌미를 찾지 않은 책은 존재하지 않을 것이다.

그러나 문제는 그 같은 이용의 성격이다. 신간의 저자들 중 고전을 제대로 이해하는 사람은 극소수에 지나지 않는다. 게다가 자신의 부족한 지식으로 이해되지 않는 선구자들의 위대한 사상을 멋대로 뜯어고치고, 자신의 방법대로 재구성하고, 영원히 통용될 진리를 시대에 맞지 않는다는 이유로 삭제해버린다. 그뿐만이 아니다. 위대한 선구자들이 발견한 의견이나 주장이 마치 자신의 새로운 발언인 것처럼 왜곡시킨다.

그에게는 지나간 과거의 가치를 깨달을 만한 능력이 없고, 선구자가 남긴 사상의 발자취를 따라갈 용기도 없다. 그의 눈에는 표면적으로 이해되는 천박한 진리 외엔 아무것도 보이지 않는다.

나는 지금까지 돈을 벌기 위해 발간된 신간이 같은 이유로 붓을 잡는 무리들에 의해 위대한 명작으로 추앙받고, 그 때문에 고전이 추방되는 경우를 자주 목격했다. 학문에 종사하는 사람들은 자신의 견해가 전에 없던 새로운 주장이라고 생각하게 마련이다. 그들 대부분은 자신의 견해만이 유일하게 참신하며 완벽하다고 주장하는데, 이 같은 견해를 자세히 살펴보면 실없는 소리에 어떤 목적을 부여하고자 그동안 진리로 입증되었던 학설을 반박한 데 지나지 않음을 쉽게 알 수 있다.

한동안은 이런 반박성 견해가 조금 색다르다는 이유로 성공한 것처럼 보이겠지만, 결국 지난날의 진리로 되돌아갈 수밖에 없다. 그들이 이처럼 실패할 것을 알면서도 기존의 진리에 도전하는 이유는 오직 하나, 자신들의 존재를 세상 사람들에게 입증하고 싶어서이다. 즉 그들이 목에 핏대를 세우며 그토록 열정적으로 진리에 맞서는 유일한 이유는 사람들에게 인정받고 싶다는 한 가지 소망 때문이다.

이렇듯 조급하게 두각을 나타내려는 그들의 욕망은 패러

독스에 비유할 수 있다. 다시 말해 돌처럼 딱딱하게 굳어버린 머리에도 불구하고, 그들은 학문의 영역에서 성공하기를 꿈꾼다. 그 결과, 성공의 방법 중에서도 가장 손쉬운 부정한 길만이 눈에 들어오는 것이다. 즉 오랫동안 인정받아온 진리에 무모하게 도전한다. 결과가 어찌되었든 어리석은 대중은 이들의 무모한 도전에 일시적으로 찬사를 보내게 되는데, 그 이유는 무모한 그들의 도전에서 어떤 자극을 받기 때문이다.

지금까지 이 같은 이유로 신경조직의 교감성, 위험 발생, 피셔의 정념작용 및 지성작용의 분리설 등이 명성을 좇는 세속적인 학자들에 의해 심각하게 훼손되었다. 이런 현상을 나는 극단적인 원자론에 대한 퇴화라고 부른다. 이것은 비단 우리 시대만의 문제가 아니다. 학문이 시작된 이래 이처럼 '후퇴적 진행'이 학문의 발전을 막아왔다.

번역의 폭력

번역가에 대해서도 몇 가지 이야기하고자 한다. 몇몇 번역
가들은 원작의 내용이 자신의 시대에 맞지 않는다는 이유로
수정을 가하는 경우가 있다. 그들의 이 같은 행위를 나는 일종
의 폭력이라고 생각한다. 그대, 폭력적인 번역가여, 그토록 마
음에 들지 않는다면 그대 스스로 번역할 만한 가치가 있는 책
을 그대 손으로 저술하라. 그리고 더 이상 타인의 귀중한 작품
을 손상시키지 말라.

앞으로 우리는 위대한 사상의 발견자, 귀중한 학문의 주
창자, 예술의 심원한 세계로 향하는 입구를 설정한 대가들의
작품을 주로 읽어야 하며, 그런 의미에서 고전을 읽는 것이야
말로 가장 훌륭한 독서라고 할 수 있을 것이다. 신간, 그중에
서도 고전을 멋대로 해석하고, 자신에게 필요한 부분만 간추
린 신간은 멀리해야 한다. 그러나 '원래의 저작에 새로운 내

용을 덧붙이는 것은 있을 수 있는 일'이므로 논리적인 근거가 명확하게 덧붙여진 지식이 새롭게 등장했다면 멀리할 이유가 없다는 점도 유념해야 한다.

제목의 중요성

책의 제목은 편지의 수신인에 해당된다. 책에 제목이 필요한 이유는 책의 내용에 관심을 보일 만한 독자들에게 전달하기 위해서다. 그러므로 제목은 독자적인 특징을 갖추어야 한다. 또 짧은 제목이 독자들의 뇌리에 더욱 오래 간직될 수 있으므로 가능한 한 간결하고 함축적이며, 내용에 대한 모노그램 역할까지 수행할 수 있는 구절을 제목으로 삼는 것이 바람직하다.

장황한 제목, 무엇하나 특징을 보여줄 수 없는 제목, 모호하고 불명료한 제목, 또는 내용과 상반되는 제목은 책의 가치를 손상시키는 주범이다. 특히 내용과 전혀 상관없는 제목은 편지에 수신인을 잘못 기재한 것과 같다.

그러나 이중에서도 가장 참혹한 제목은 다른 작품에서 빌린, 즉 이미 타인의 이름으로 출간된 저서에서 인용한 제목이다. 그 이유는 첫째로 그것이 표절이기 때문이며, 둘째로 저자에게 독창성이 결여되어 있음을 증명해주기 때문이다. 즉 저서의 제목조차 새롭게 창안할 수 없을 만큼 독창성이 결여된 인물에게서 어떻게 새로운 내용을 기대할 수 있겠는가 하는 생각을 독자에게 심어주는 것이다.

제목을 인용하는 것도 이와 비슷한 행위다. 인용은 표절과 달리 절반만 훔치는 것으로, 이를테면 내가『자연의 의지에 대하여』라는 책을 출간하자, 그 후 에일슈테트라는 인물이『자연의 정신에 대하여』라는 책을 출간한 것과 같은 식이다.

소재의 중요성_참신한 소재와 진부한 소재

저서는 저자의 사상을 복제한 복제품에 불과하다. 사상의 진정한 가치를 좌우하는 조건은 소재, 즉 저자가 시도한 사색의 대상과, 소재를 파악하는 데 사용한 형식 및 소재에 대한 가공이다. 여기서 가공이란, 저자가 소재에 대한 사색의 결과를 형태화하는 작업을 뜻한다.

사색의 대상은 이루 헤아릴 수 없이 무수하며, 저서의 집필 의도에 따라 같은 소재일지라도 상당한 괴리가 발생한다. 모든 경험적 소재, 즉 역사적 진실이나 자연적 사실은 넓은 의미에서 사색의 대상에 지나지 않는다. 만약 저서의 대상이 주제인 경우, 저서의 고유한 특색은 대상에 대한 객관에서 비롯되며, 저자와 상관없이 중요한 의미를 갖게 된다.

이에 비해 어떤 대상에 대한 저자의 사색이 주제인 경우, 저서의 고유한 특색은 저자의 주관에서 비롯된다. 이 경우 저서의 대상은 누구나 접근할 수 있는 또는 누구나 알 수 있는 소재라도 무방하다. 중요한 것은 저자가 대상을 파악하는 형식, 즉 저자가 대상을 어떻게 생각하고 있느냐이다. 이 같은 주관적인 특색에 의해 저서의 가치가 확립되므로 형식과 사색의 독자성이 주관에서 기인함은 당연한 사실이다. 그러므로 어떤 저서가 이런 점에서 매우 탁월한 가치를 증명했다면, 저자 역시 마찬가지의 대접을 받는다. 다시 말해 어떤 작가가 읽을 만한 가치가 담긴 저서를 발간했을 경우, 재료에 의존하는 정도가 적을수록 작가의 위상이 높아지고, 그 대상이 누구나 알고 있는 진부한 소재일수록 작가가 세상에 미치는 영향력은 그만큼 확대되는 것이다. 예를 들어 그리스의 3대 비극시인은 인간의 보편적인 감정을 대상으로 위대한 가공을 행한 셈이다.

따라서 어떤 책이 유명해졌을 때 소재 때문인지, 아니면 형식 때문인지를 정확하게 구별하는 것이 매우 중요하다.

간혹 평범한 사람들이 그 소재 때문에 매우 중요한 위치를 갖는 저서를 발간하는 경우가 있다. 이런 경우는 대부분 그 특정 소재에 접근할 수 있는 사람이 그들밖에 없기 때문이다. 예를 들어 먼 나라를 여행한 경험을 기록하거나, 진귀한 자연현상에 대해 기술하거나, 또는 전문적인 실험에 대한 결과를 정리하거나, 목격한 사건을 기록하거나, 역사적인 사료를 탐

색한 후 노력과 시간을 소비해 정리하는 것 등은 특정한 재능이 필요하다기보다는 특정 소재에 얼마나 가깝게 접근할 수 있는가가 더욱 중요하다.

반면에 누구나 접할 수 있는 소재를 대상으로 저서를 남길 때는 일반인이 잘 아는 소재이기 때문에 작가는 형식에 치중할 수밖에 없다. 이런 경우 소재에 대한 작가의 사색이 저서의 가치를 빛내는 유일한 조건이 된다. 즉 이렇게 탄생한 저서는 뛰어난 두뇌를 타고난 천재들만이 만들어낼 수 있는 것이다.

여기서 일반인은 누구나 생각할 수 있는 현상만을 생각하는 사람들이다. 그들도 천재와 마찬가지로 자기 정신의 복제품, 다시 말해 책을 쓸 수는 있다. 그러나 이들이 세상에 내놓는 복제품은 너무나 평범한 수준이기 때문에 사람들에게 외면당하기 쉽다. 그런데 한 가지 주의할 것은 일반적으로 독자가 저서의 소재에 기울이는 관심이 형식에 대한 관심보다 훨씬 강하다는 점이다. 그들의 교양이 더디게 발전하는 이유가 바로 여기 있다. 더욱 황당한 사실은 시를 읽으면서도 이 같은 경향을 여과 없이 내뿜는다는 점이다.

그들에게 중요한 가치는 작품을 쓰게 된 계기, 즉 시인의 사적인 환경이며, 작품보다 오히려 이런 부차적인 조건에 더 열광한다. 예를 들어 괴테의 작품보다 괴테의 삶이 더 흥미롭고, 『파우스트』라는 작품보다 파우스트의 전설에 더 많은 관심을 기울이는 것이다. 지난날 뷔르거[12]는 "독자들의 관심은 소설 속 여주인공인 레노레가 실존하는 여성이었다면, 대체 누구였느냐에 쏠려 있다. 그들은 이 문제를 학문적으로 연구해야 한다고 주장한다"고 투덜거렸다.

괴테 역시 실제로 이런 현상을 체험했다. 그가 생존했던 시기에도 이미 파우스트와 파우스트 전설에 대한 학문적 연구가 산적해 있었다. 이런 연구의 주제는 작품이 아니라 작품의 소재이다. 이처럼 형식보다 소재를 중요하게 여기는 경향은 아름다운 에트루스크 미술[13] 양식의 항아리 색조를 과학적으로 연구한다면서 그 형태와 그림을 무시하는 연구자의 태도를 떠올린다.

이처럼 소재에 의존하는 연구는 작품의 가치가 형식에서 비롯되는 예술의 영역까지 확산되었다. 게다가 특정 소재를 빌미로 사람들을 극장에 가득 채우려는 극작가들이 끊임없이

---

12 고트프리트 아우구스트 뷔르거(Gottfried August Bürger, 1747~1794) ; 독일의 시인. 괴팅겐시파(詩派)의 시인들과 가까웠으며, 헤르더의 영향을 받았다. 『레노레Lenore』로 대표되는 그의 시들은 대중적이며 다듬어진 양식의 민요조여서 근세 발라드의 아버지로 불린다.

13 에트루스크 미술(Etruscan art) ; 기원전 5세기를 전성기로 하여 고대 이탈리아 전토에 널리 퍼진 에트루리아인의 미술. 테라코타에 특히 뛰어난 기술을 가져 로마 미술의 선구적인 역할을 했다.

출현하면서 선의의 피해자들을 양산하고 있다. 이들 극작가들은 유명한 인물이라면 누구를 막론하고 자신의 작품에 등장하는 주인공으로 삼고 있다. 그리고 특정 인물의 생애에 극적인 반전이나 사건이 전혀 없었음에도 불구하고, 때로는 주인공의 가족들이 여전히 살아 있다는 사실조차 무시하고, 멋대로 붓을 놀려 한 인간의 위대한 생애를 갈가리 찢어버린다.

소재와 형식을 구별해야 한다는 기본적인 원칙은 저술뿐 아니라 일상적인 대화에서도 매우 중요한 부분을 차지하고 있다. 인간과 인간의 대화를 결정짓는 요소로는 첫째, 지성과 판단력 및 활발한 기지이다. 이것이 대화의 형식을 구성한다. 두 번째 요소인 소재, 즉 상대방과 이야기를 주고받는 화제는 일종의 지식으로서 만일 상대방의 지식이 부족할 경우, 소재는 누구나 알고 있는 세속적인 이야기에 한정될 것이다. 따라서 인간의 대화에 가치를 부여하는 것은 화제가 아니라 대화를 이끌어나가는 형식적인 능력이다. 이와 반대로 형식적인 능력이 결여된 자는 어쩔 수 없이 자신의 대화에 가치를 부여하고자 특정한 소재를 찾게 되는데, 이런 특정한 소재는 대부분 자신이 속한 전문적인 분야로 귀결되는 경우가 많다. 따라서 상대방이 전혀 이해할 수 없는 대화가 끝없이 반복되는 것이다.

언어의 발견과 사색의 상실

어떤 사상의 생명은 그 사상이 마침내 언어로 부활하는 지점에 도달하는 순간 사라진다. 언어라는 껍질을 뒤집어쓴 사상은 화석으로 변모하고, 결국 생명을 잃고 만다. 그러나 화석화된 태고의 동식물을 통해 우리가 생명의 순환을 깨닫듯이 황폐화된 사상을 통해 우리는 정신의 사막화를 두려워하는 지혜를 얻게 된다.

이처럼 사색이 언어를 발견하면 그 즉시 사색은 진지함을 잃고 참된 엄숙함에서 추방된다. 우리의 사색이 타인을 위해 거듭나는 순간, 내 안에서 나를 위해 작용하던 생명은 상실된다. 마치 갓난아기가 모태에서 떨어지는 순간, 어머니의 일부로 살아가던 세월을 망각하게 되는 것과 비슷하다. 어느 시인도 다음과 같이 노래했다.

그대들의 모순 때문에 자아를 곤혹스럽게 만들지 말라.

사람은 언어를 입에 담는 순간, 유혹에 빠지나니.

붓과 지팡이

붓과 사색의 관계는 지팡이와 보행의 관계에 비유할 수 있다. 따라서 건장한 젊은이의 걸음에 지팡이가 필요 없듯이 완벽한 사상은 붓을 빌리지 않고도 자신의 길을 찾는다. 다만 노화가 시작되면서 어쩔 수 없이 지팡이를 의지하게 되고, 붓을 찾게 되는 것이다.

낡은 사고思考

하나의 가설은 고향인 그의 두뇌에서만 살아남을 수 있다. 유기체의 생존과 매우 유사한 활동이다. 우리는 외부적 활동을 통해 자신에게 필요한 영양분을 섭취할 뿐 새로운 생명을 받아들이지는 않는다.

만약 이런 질서를 무시하고 어떤 새로운 생명이 내 안에 침투했을 때 인체는 극도로 증오에 찬 상태에서 그 생명을 철저하게 파멸시킨다. 이를 통해 자신에게 더 이상 새로운 생명 따위가 필요 없다는 것을 대외적으로 선포한다. 이와 마찬가지로 정신 또한 기존의 사고체계를 허물 만큼 강력한 사상에 대해서는 인체의 그것보다 훨씬 잔혹한 응징을 서슴지 않는다.

풍자의 위험

풍자란, 말하자면 대수代數처럼 일정치 않은 가치에 대한 조작이다. 즉 구체적인 가치 또는 정해진 분량의 저술에 해당되지 않는다. 따라서 살아 있는 인간을 풍자하는 행위는 살아 있는 인간을 해부하는 행위와 마찬가지다. 아무리 형벌일지라도 인간의 존엄인 생명에까지 그 손길이 미쳐서는 안 된다.

불후의 작품

하나의 작품이 '불후'의 작품으로 영원히 기억되기 위해서
는 여러 가지 아름다운 미적 감각과 장점을 풍부하게 갖추는
것과 더불어, 이 모든 조건을 이해하고 평가할 수 있는 독자를
찾아야 한다. 물론 말처럼 쉬운 이야기는 아니다. 위대한 작품
에 합당한 경이를 표할 줄 아는 사람이 극히 적기 때문이다.
그래서 작가는 몇 세기 후에는 자신의 작품에 대한 사람들의
반응이 오늘과 다를 것이라는 믿음으로 살아간다.

　이처럼 자신의 작품에 대한 후세의 평가를 기다린다는 것
은 한마디로 비참한 생활이다. 그렇기 때문에 대다수의 작가
들은 자신이 살고 있는 시대의 인정을 받기 위해 타협을 선택
하게 되고, 무의미한 노력이 허비되는 것을 방지하기 위해 시
대의 요구에 순순히 부응한다. 그래서인지 모든 위대한 작가
들은 하나같이 고독하고 우울한 인물들이었다. 그들은 유대인

처럼 몇 세대에 걸쳐 자신의 작품이 방황하게 되리라는 사실을 알고 있지만, 주저 없이 자신의 길을 걷는다.

"자연은 그를 형틀에 붓고 새로운 생명으로 주조한다"는 아리오스토[14]의 말처럼 비록 그의 육신은 세월에 묻혀 사라지지만, 그가 남긴 작품만은 소멸의 굴레에서 영원히 해방되는 것이다.

---

14 루도비코 아리오스토(Ludovico Ariosto, 1474~1533) ; 중세 이탈리아의 시인. 르네상스 후기의 대표적 서사시인으로, 기독교와 사라센인과의 전쟁에서 소재를 얻은 영웅 서사시 『광란의 오를란도』 등의 작품이 있다.

유행의 오류와 전락

역사상 예술과 문학의 세계에서 그릇된 주의·주장이 유행한 사례는 이루 헤아릴 수 없을 만큼 잦았다. 어느 시대를 막론하고 잘못된 방법과 수법이 유행하고 환영받았다. 대부분의 경우 진리의 길에 설 수 없는 아둔한 자들이 이를 확산시킨 주범이었다. 올바른 지성인은 이들을 경멸해왔다. 그들에게 이들이 확산시키는 유행은 오류이자 불명예였기 때문이다. 그리고 몇 년 후에는 일반 대중도 이 사실을 깨닫고 이 같은 유행을 조소하기 시작한다. 최신 유행작법에 의해 간행된 모든 작품들이 경멸의 대상으로 전락하는 것이다.

　마치 창녀의 얼굴에서 싸구려 분가루가 날리는 것처럼, 석고 세공품으로 장식된 벽에서 회칠이 벗겨져 나가는 것처럼 처음에는 볼 수 없었던 진실이 서서히 드러난다. 그러므로 우리는 값싼 주의·주장들이 세상에 등장했을 때 분노하는 대신

기뻐해야 한다. 왜냐하면 사람들은 이들 지적 광대를 통해 마침내 잘못을 깨닫고, 진리의 소중함을 새롭게 인식하기 때문이다. 이는 종양이 터지는 원리와 같다고 볼 수 있다.

쓰레기 작품과 평론

현재 비양심적인 삼류 문필가가 시중에 넘쳐나고 있으며,
아무짝에도 쓸모없는 거리의 악사들이 더욱 범람하여 지나가
는 사람들에게 악취를 풍기고 있다. 이런 사악한 풍조에 대항
하려면 우선 평론잡지들이 다 함께 힘을 모아 이런 사조를 억
누르는 댐 역할을 수행해야 한다. 다시 말해 평론잡지가 앞장
서서 이들을 사회에서 퇴출시켜야 하는 것이다.

무능한 저술가들이 졸작을 함부로 발표하고, 머리가 텅
빈 패거리들이 자신의 빈 지갑을 채우기 위해 마구 휘갈겨 쓰
고, 그 결과 출간되는 도서 중 무려 90퍼센트 이상이 쓰레기로
전락하는 상황에서, 우리는 더 이상 정욕에 가까운 집필욕으
로 사기적 매도를 조장하는 삼류 문필가들을 추방하는 데 주
저해서는 안 된다. 무엇보다도 독자의 귀중한 시간과 돈을 강
탈하기 위해 작가와 출판업자가 결탁하는 풍조부터 바로잡

아야 한다.

일반적으로 이런 쓰레기 저서를 배출하는 자들은 돈을 필요로 하는 교수인 경우가 많다. 출판업자와 이들 삼류 문필가는 독자의 주머니에서 돈을 훔쳐야 된다는 공동의 목적 때문에 단결력이 높고, 상호 지원을 아끼지 않는다. 그들은 동료 중 한 사람이 비판의 도마에 오르면 막무가내로 변호에 앞장선다. 그토록 추악한 내용을 담고 있는 책에 휘황찬란한 찬사가 바쳐지는 이유가 바로 여기에 있다.

여러 평론잡지의 비판도 이 같은 동업자적인 의도에서 결정되는데, 한마디로 '우리가 살아남기 위해서는 그를 살리는 수밖에 없다'는 식이다(일반 독자는 어리석게도 이렇게 만들어진 신간을 읽지 못해 안달이고, 양서는 쉽게 이해되지 않는다며 멀리한다).

과연 이 시대의 평론가 중에 무가치한 내용이 담긴 최악의 졸작에 찬사를 보낸 적이 단 한 번도 없고, 훌륭한 걸작에 부적절한 비난을 쏟아붓거나 교활한 수법으로 세상의 이목을 집중시키고자 타인의 작품을 의도적으로 무시하지 않은 자가 존재하는가. 과연 이 시대를 살아가는 평론가 중에서 진정 양심적으로 책의 내용을 바탕으로 비판해왔다고 자신 있게 손들수 있는 자가 몇이나 될까.

대다수의 평론가들은 책의 저자가 자신의 동료인지, 또는 친분이 있는 출판업자가 발간했는지를 먼저 확인한다. 때로는 약간의 뇌물을 기대하며 화려한 말의 성찬으로 책의 내용을 부풀리기까지 한다. 갓 등장한 신인 평론가가 아닌 경험 많은 평론가들이 기대 이하의 평범한 책을 극찬하거나, 특별한 이유 없이 훌륭한 작품을 비난한다면 한번쯤 의심해보기 바란다. 이처럼 오늘날 행해지는 평론은 독자를 위해서가 아니라 출판업자들을 위해 행해지고 있음은 자명하다.

앞서 내가 기대한 것처럼 양심적인 평론잡지들이 이런 풍조에 대항해 일어설 수만 있다면 재능이 부족한 저술가, 사명감을 상실한 편집자, 타인의 서적을 마음대로 도용하는 표절꾼, 텅 빈 머릿속에서 온갖 잡다한 쓰레기들을 분리수거하고 있는 대학 강단의 사이비 철학자, 오래 전에 메말라버린 영감을 붙들고 여전히 잘난 척하기에 바쁜 시인들은 이 같은 잡지를 통해 사회적인 심판에 직면하게 될 것이다.

그렇게 되면 지갑이 줄어들 때마다 자동적으로 책상 앞에 앉는 그들의 손가락이 마침내 마비되어 문학의 영원한 주제인 구원이 그 모습을 우리 앞에 조금씩 드러내게 될 것이다.

조잡한 문학은 단순히 쓸모가 없을 뿐 아니라 사회에 크나큰 해악을 끼친다. 그런데 오늘날 존재하는 문학서는 거의 대부분 조잡한 악서이며, 쓰지 않는 것이 축복일 정도로 참담한 내용들뿐이다. 그러므로 우리는 더 이상 이런 몰지각한 책들에 찬사를 바쳐서는 안 된다.

무엇보다 중요한 것은 비평가의 말을 믿지 않는 데 있다. 오늘날 독일의 비평가들은 개인적인 배려 차원에서 비평을 남발하고 있다. 그들이 신봉하는 좌우명은 이렇다. "친구를 칭찬하라. 그리하면 그 친구도 나를 칭찬해줄 것이다."

세상 도처에 저능하고 아둔한 인간들이 북적거리고 있다는 점을 명심해야 한다. 우리는 더 이상 그들에게 관대한 태도를 보여서는 안 된다. 우리가 베푸는 관용을 그들은 문학을 더럽히는 수단으로 이용하고 있다. 우리가 베푸는 관용의 정신이 죄악의 방편으로 타락하고 있다는 것은 누구보다 우리 자신에게 수치가 아닐 수 없다. 현재 독일이 가장 필요로 하는 것은 뻔뻔스러운 방해자이며 저능한 강도들로부터 그들이 비난하는 선善을 지켜내는 신념이다.

악을 깨닫지 못하는 자들은 선도 깨닫지 못한다. 정중한 자세와 예의바른 인사는 사회활동을 위해 탄생한 수단일 뿐, 문학에서는 오히려 진실을 은폐하는 도구로 전락할 가능성이 높다. 왜냐하면 악을 선이라 말하고, 학술의 목적이 사회의 개선에 있다는 주장을 정면으로 반박하는 주의일수록 항상 정중한 태도로 타인을 가르치려 들기 때문이다.

내가 요구하는 평론잡지의 성격은 뇌물이 효과를 기대할 수 없을 만큼 정직하고, 필요한 지식을 갖추고, 정확한 판단력을 겸비한 사람이 아니라면 결코 집필할 엄두도 내지 못하는 그런 잡지가 되어야 한다. 어쩌면 이 같은 잡지의 탄생은 독일 국민이 모든 수고를 아끼지 않는다고 해도 성립 자체가 불가능할지 모르는 고도로 엄숙한 활동이다.

그러나 단 한 번이라도 이런 잡지가 독일 사회에 등장한다면 최고재판소의 기능을 유지하게 될 것이며, 이곳에서 활동하는 재판관들은 인연에 얽매이지 않는 사명감과 어떤 유혹에도 흔들리지 않는 굳은 의지를 타고난 자들이어야 할 것이다. 현재 독일에서 활동 중인 평론잡지들은 대부분 대학 시절의 동료들이 함께 만든 일종의 길드적 성격이 강하다. 그렇기 때문에 출판업자가 내미는 사소한 이익에 눈이 멀어 문학과 철학을 장사라고 생각하기에 이르렀다.

작품의 익명과 가명에 대한 경고

오늘날 문학의 세계처럼 부정직과 정신적 폭력이 횡행하는 사례는 독일에서 찾아볼 수 없다. 이 점에 대해서는 괴테도 지적한 바 있는데, 나는 『자연의 의지에 대하여』를 통해 더욱 상세히 괴테의 이 같은 의견을 살펴보았다.

이처럼 문학계를 뒤덮고 있는 부정직한 공기를 일소하기 위해서는 무엇보다 저 악랄한 문필가들이 의지하고 있는 방패, 즉 익명이라는 수단부터 폐기하는 결단이 필요하다. 평론 잡지들은 익명을 통해 독자의 철없는 구미를 충족시키고 있다. 이런 방법을 획득하기 위해 그들은 먼저 독자의 준엄한 심판을 원하는 양심적인 비평가와 저자를 몇 푼의 돈과 학연 및 지연으로 옭아매었다.

그 결과, 자신의 정제된 발언을 자기 이름으로 정당하게 발언하는 대신, 잡지가 원하는 대로 익명으로 정제되지 않은 주의 및 주장을 여과 없이 쏟아냈고, 그 대가로 출판업자에게서 술값을 받아 챙긴 것이다. 단 한 번이라도 이 같은 범죄를 저지르게 되면 그 후에 술값이 생각날 때마다 졸렬하고 저급한 익명으로 자신을 감춘 후 출판업자들이 원하는 글을 남발하게 된다.

이밖에 저자들이 익명을 애용하는 까닭은 자신의 부족한 재능을 숨기기 위해서이다. 그들은 익명의 그늘이 자신을 지켜주는 가장 안전한 방주라고 믿는다. 그리고 밝혀지지 않는 익명의 그늘 아래서 실명으로는 감히 저지를 수 없는 온갖 더러운 행위들을 마음껏 뿜어대는 것이다.

그런데 흔히 '만병통치약'으로 불리는, 성능이 검증되지 않은 약품처럼 악서 예찬 혹은 양서 비난 같은 모든 종류의 익명 비판에 상당한 효험을 발휘하는 '비평가 퇴치약'도 존재한다. 그것은 일반 독자들의 다음과 같은 선언이다. 즉 "익명의 그늘에 몸을 숨긴 자들이여, 당장 그 이름을 대고 우리 앞에 모습을 드러낼지어다. 얼굴을 가리고 대항하는 것은 지성인이 할 짓이 아니다. 그것은 비열한 소인배의 기만적인 행위다. 익명의 그늘에 몸을 숨긴 자들이여, 당장 그 이름을 대고 우리 앞에 모습을 드러낼지어다."

내 생각에는 이처럼 독자 스스로가 이들 익명 비평가에게 심판을 내리는 것이 유일한 방법이다.

루소[15]는 『신新엘로이즈』[16]의 서문에서 "명예를 중시하는 사람이라면 반드시 자신의 책에 서명을 한다"고 말했으며, 이는 환유법換喩法에 의해 "자신의 책에 서명하지 않는 자는 명예를 중시하지 않는다"라고 바꿔 말해도 무방할 것이다. 루소의 이 같은 법칙은 특히 공격적인 문장에서 쉽게 확인된다. 감정에 치우친 비판적인 평론이야말로 이런 종류의 대표적인 문장이다.

그렇기 때문에 리머의 『괴테에 대하여』에 등장하는 다음과 같은 문장은 매우 합리적인 표현이라고 생각된다. "서로 마주보고 솔직하게 감정을 드러낼 수 있는 상대는 성격이 정직하고 온건해야 한다. 이런 사람이라면 누구와도 화해할 수

---

15 장 자크 루소(Jean Jacques Rousseau, 1712~1778) ; 프랑스의 작가, 사상가. 귀족부인들의 후원으로 독학하여 『인간불평등기원론』, 『신엘로이즈』, 『사회계약론』, 『에밀』 등의 걸작을 발표했다. 자연미에 대한 감성적 지각과 자아의 해방을 주창하여 신낭만주의의 아버지로 불린다. 그의 자유사상과 계몽주의는 프랑스 혁명의 사상적 근거로 큰 영향을 주었으며, 나아가 서유럽 근대 사상의 확립을 가져왔다.

16 신新엘로이즈(La Nouvelle Héloïse) ; 장 자크 루소의 서간체 연애소설. 1756년 6월경부터 구상되어 1757년 말 또는 1758년 초까지 완성, 1761년에 출간되자 큰 호평을 받고 이후 40년 동안 72판을 거듭했다. 모두 6부로 구성되어 있는 장편으로, 스위스의 레만 호를 무대로 하여 가정교사인 생 푸레와 그의 제자인 쥘리 사이의 열렬한 사랑이 줄거리를 이루고 있다. 종전의 심리 분석적이고 이성을 존중하는 경향을 띠었던 고전주의 소설과는 달리 외계(外界)의 자연묘사에 뛰어나 독자의 감성에 크게 호소했다는 점에서 낭만주의 문학의 선구적 작품으로 꼽는다.

있다. 이에 비해 완곡한 발언으로 사실을 호도하는 인간은 비열한 자이다. 이런 자들은 자신의 판단을 스스로 인정할 만한 용기가 없고, 사람들의 눈을 피해 안전한 곳을 찾아낸 후 가슴속에 쌓인 분노를 폭발시킨다."

이것이 아마도 익명 비평가에 대한 괴테의 의견이었던 것 같다. 괴테에 대한 리머의 보고에서 이 같은 의견이 자주 인용되고 있기 때문이다. 앞서 살핀 루소의 법칙은 오늘날 독일에서 출간되는 모든 인쇄물에 그대로 적용된다. 민중을 향해 열변을 토하거나, 청중 앞에서 연설하려는 자가 복면을 뒤집어쓰고 있다면 우리는 그를 용서할 수 있을까. 뿐만 아니라 단상에서 타인을 비난하고, 그를 추종하는 어리석은 청중의 외침에 의기양양하게 돌아서는 광경을 우리는 과연 참아낼 수 있겠는가.

독일은 최근에야 비로소 출판언론의 자유를 획득했다. 그러나 그 결과, 독일에는 파렴치한 저널리즘과 출판이 봇물 터지듯 횡행하게 되었다. 이런 상황에서 최소한 익명과 가명으로 자신의 의견을 발언하는 모든 수단에 법적인 책임과 제한을 가하는 것은 당연한 사회적 책무이다. 인쇄라는 매개체를 통해 일반 대중에게 자신의 의견을 호소하고 싶다면 최소한 실명을 사용해 자신의 명예와 시민의 명예를 존중해야 한다.

또 명예심이라곤 찾아볼 수 없는 자에 대해서는 그 이름만으로도 발언을 무효화시킬 수 있는 법적인 권한을 부여해야 한다. 익명으로 글을 써본 적이 없는 사람에게 익명을 통해 공격한다는 것은 분명 사회정의를 실추시키는 파렴치한 범죄행위이다.

익명 비평가는 타인이나 타인의 저작에 대해 비판을 남용하면서도 정작 자신이 가해자라는 주장에 선뜻 동의하려 하지 않는다. 이처럼 익명 비평은 그 시작부터 상대방과 자신을 기만하겠다는 목표가 설정되어 있다. 그러므로 복면을 뒤집어쓰고 거리를 활보하는 자를 사회가 자유라는 이름으로 용납하지 않듯이 익명으로 타인을 비판하는 것도 용서해서는 안 된다.

익명주의를 표방하는 평론잡지일수록 염치를 모르는 자들이 판을 치고 있다. 그들은 멋대로 타인의 학문적 성과에 판결을 내리고, 대중에게 불필요한 악서를 권유하며, 자신들의 어리석음으로 진리를 매도한다. 도대체 정상적인 국가에서 이런 범죄행위가 허용되는 이유를 모르겠다. 익명이야말로 붓을 칼처럼 휘두르는 살인미수이며, 그중에서도 익명으로 행해지는 저널리즘은 가장 사악한 여론의 함정이다.

그러므로 이런 함정은 발견되는 즉시 사회적 합의를 통해 매장시켜야 한다. 즉 모든 기사는 실명제를 원칙으로 하고, 강력한 법집행으로 서명을 체계화해야 한다. 이런 조치가 정착되면 허위로 가득 찬 기사 중 3분의 2가 근절되고, 후안무치한 인신공격도 제한을 받게 될 것이다. 마침 프랑스에서 지금 이같은 문제를 검토 중이라고 한다.

그러나 과연 독일에서 이처럼 익명으로 기고하는 것을 법으로 금지할 수 있을지 의문이다. 그러므로 이 땅에서 활동하는 성실한 문필가들은 모두 익명성 저널리즘과 비평에 맞서 싸워야 한다. 이런 악질적인 부류를 학문과 진리의 영역에서 추방시킬 의무가 우리에게 부여되어 있다는 점을 명심해야 하는 것이다.

그들은 두 눈을 가린 채 이름이 새겨지지 않은 붓을 휘두르고 있다. 비록 오늘은 나를 비켜갔지만, 언제 어느 때 그들의 붓 끝이 나를 겨누게 될지 알 수 없는 일이다. 따라서 지금이야말로 모든 양심적인 작가들의 단결이 필요한 때이다.

익명의 비평과 사기꾼

사회적 책무와 권리를 부여받은 시민은 다음과 같은 조건을 반드시 지켜야 한다. 낯선 사람과 만났을 때 상대방이 알 수 있도록 자신이 누구인지를 분명히 밝혀야 한다. 이것은 비록 법으로 규정된 사안은 아닐지라도 사회 구성원 간의 암묵적 합의가 도출한 예의이다. 그러나 익명 비평가들은 법의 위에 놓인 이 같은 구성원 간의 합의를 정면으로 위배하고 있다. 그들은 복면으로 자신의 얼굴을 가린 채 불법행위를 자행하고 있다. 이런 행위는 법률의 보호를 받지 못하는 추방자의 행위와 다를 바 없다. 이런 자들이 바로 '오디세우스의 우티스'[17]이다.

---

17 호메로스의 영웅 오디세우스는 애꾸눈의 거인 키클롭스에게 억류된 상태에서 이름이 무엇이냐는 질문을 받자 우티스라고 대답했다. 이 말의 뜻은 영어의 'nobody', 즉 '아무도 아닌 자'이다.

모든 익명 비평가에게 우리는 악당 또는 무뢰배라는 지칭을 사용해야 한다. 천민 같은 성품을 타고난 어떤 문필가들처럼 '내가 존경하는 ○○씨'라는 정중한 어투를 사용해서는 안 된다. '자신의 이름을 밝히지 않는 비열한 자'에겐 모욕과 수치만이 유일한 권리이다. 언젠가 이들은 그 거짓의 가면을 빼앗기고, 광장 한복판의 밝은 햇살 아래 가식의 얼굴을 드러내는 날이 오고야 말 것이다. 그리고 오랜 시간 어둠의 공포 속에 갇혀 있던 지혜는 너무나 기쁜 나머지 우리를 향해 기쁨의 눈물을 흘려줄 것이다.

익명 평론가들의 후안무치한 행동 중에서도 가장 비열한 행위는 국왕처럼 1인칭 복수 '우리는'이라고 발언한다는 점이다.[18] 그러나 이들에겐 1인칭 단수도 과분하다. 이들은 자신들이 저지른 범죄에 걸맞게 '교활하기 짝이 없는 본인은', '비열한 유랑인으로 전전하던 나는'이라는 표현을 사용해야 한다.

"그대 스스로를 천민이라고 불러라. 그것이 싫다면 침묵을 지켜라." 서명이 없는 비평을 대할 때 우리는 과감히 쓰레기통

---

18 독일 국왕은 '짐은……'이라고 표현해야 할 경우, '나는……'이 아니라 '우리는……'에 해당되는 'Wir'를 사용해야 한다.

에 처넣어야 한다. '사기꾼'이라는 직업이 돈을 많이 벌지는 모르지만, 결코 명예로운 직업은 아니다. 마찬가지로 익명 비평가가 아무리 지혜롭더라도 위대할 수는 없다. 타인을 모략하기 위해 자신의 이름을 감추는 행위는 그 의견의 진위를 떠나서 세상과 사람들의 이목을 속이는 행위이기 때문이다.

그러나 어떤 작가가 익명으로 저서를 출간했을 경우는 예외이다. 이런 경우 익명으로 비판받더라도 비난할 것이 못 된다. 어쨌든 익명의 악습이 폐지되면 학문의 영역에서 행해지는 모든 악행이 소멸될 것이라고 생각한다. 익명 비평가의 활동이 금지될 때까지 우리는 기회가 있을 때마다 공장의 경영자(익명 비평가를 후원하는 출판업자)들과 그들이 고용한 일용노동자들이 저지른 범죄행위를 그들 스스로 짊어질 수 있도록 노력해야 할 것이다. 뿐만 아니라 단호한 태도로 가차없이 그들을 추방해야 한다.

멋대로 고치는 문장과 위조화폐

익명 비평가의 죄악은 그 원고의 출판업자 및 편집자에게 책임을 물어야 한다. 즉 출판과 편집을 맡은 장본인이 익명으로 도착한 원고의 집필자를 규명하는 데 앞장서야 한다. 그것은 제자의 졸렬한 범죄에 대해 그 스승을 나무라는 것과 같은 이치다. 이 경우 죄를 범한 당사자는 용서하고, 책임은 거론하지 않는 편이 좋다.

익명은 일종의 사기행위이므로 발견 즉시 항의해야 한다. 익명 비평은 발신인의 서명이 없는 편지와 동일한 가치밖에 없으므로 이런 종류의 편지를 받게 되었을 때와 마찬가지로 의심해봐야 한다.

독일의 문필가들은 도저히 이해할 수 없을 정도로 성의가 부족하다. 이에 대한 증거는 그들이 멋대로 타인의 저서를 인용하고도 양심의 가책을 전혀 느끼지 않는다는 점에서 찾아볼 수 있다. 나의 저작도 일반인에게 잘못된 내용으로 인용되는 경우가 많았다. 물론 사전에 나의 양해를 구하는 경우는 제외이다.

그런데 타인의 문장을 멋대로 고치는 경우에도 여러 가지 면에서 부주의한 경우가 많다. 진부한 어구와 표현이 모두 붓 속에 담겨 있어 한번 붓을 들면 습관적으로 아무렇게나 이따위 내용들이 멋대로 튀어나오는 것이다. 때로는 얼마 안 되는 지식을 자랑하며, 내가 쓴 문장도 자기 멋대로 고치려 든다. 무엇보다도 이런 일이 자주 발생하는 원인은 악의적으로 타인의 문장을 고치는 것이 개인적인 능력처럼 비쳐지기 때문이다. 이것은 비열하고도 파렴치한 행위로서 화폐를 위조하는 것과 같은 악행이다. 존경받아 마땅한 한 사람의 인격을 한꺼번에 짓이기려는 범죄이다.

문체와 개성

'문체'는 정신의 표정이다. 그것은 육체에 갖춰진 표정 이상으로 인격의 개성을 나타낸다. 따라서 타인의 문체를 모방한다는 것은 얼굴에 맞지 않는 가면을 쓰는 것과 같다. 가면은 아무리 아름답더라도 결국 진짜 얼굴이 될 수 없으며, 언젠가 사람들에게 그 본색을 드러내게 마련이다. 그러므로 아무리 추악하게 생겼더라도 생기가 넘치는 인간의 얼굴이 아름다운 가면보다 훨씬 정감 있게 다가온다.

라틴어를 자주 인용하는 저술가의 경우도 마찬가지다. 고전의 문체를 모방한 글은 아무리 진리를 담고 있을지라도 어울리지 않는 가면처럼 느껴진다. 그들이 떠드는 말이 무슨 뜻인지는 분명하게 알 수 있다. 그러나 이런 글을 더욱 실감나게 만들어주는 표정, 즉 문체는 보이지 않는 것이다. 이 같은 모방에 만족하지 않는 '독립적인 사색가', 예를 들면 스코투스

에리우게나[19], 페트라르카[20], 베이컨[21], 데카르트[22], 홉스[23], 스
피노자 등이 남긴 라틴어 저작물에는 고전과 다른 독특한 문
체가 발견된다.

반면에 너무 과장된 문체는 감정을 알 수 없는 난해한 얼
굴처럼 보인다.

문장을 형성하는 모국어는 그 나라 국민의 표정이다. 이
런 모국어는 그리스인에서 카리브 해의 원주민에 이르기까지

---

19 요하네스 스코투스 에리우게나(Johannes Scottus Eriugena, 810?~877?) ; 아일랜드 출신의 스코
    틀랜드 철학자, 신비주의자. 초기 스콜라 철학에 신플라톤주의를 도입, 철학과 종교의 일치
    를 근본으로 하고 이후의 스콜라 철학 발전의 길을 열었다.
20 프란체스코 페트라르카(Francesco Petrarca, 1304~1374) ; 이탈리아 르네상스 시기의 시인. 지
    적 재능과 학식으로 일세를 풍미하여 로마에서 계관시인의 명예를 얻었고, 뛰어난 고전학자
    로서 이후 인문주의의 선구가 되었다. 『서정시집』, 『아프리카』 등의 저서가 있다.
21 프랜시스 베이컨(Francis Bacon, 1561~1626) ; 영국의 철학자, 정치가. 근대 경험론의 선구이
    며, 데카르트와 함께 근대 철학의 시조이다. 스콜라 철학에 반대하여 관찰과 실험을 통한 경
    험을 지식의 유일한 원천으로, 귀납법을 유일한 방법으로 삼아 자연을 올바르게 인식하고 이
    인식을 통해 자연을 지배하는 것이 학문의 최고 과제라 했다. 저서에 『노붐 오르가눔』, 『수상
    록』 등이 있다.
22 르네 데카르트(René Descartes, 1596~1650) ; 프랑스의 철학자, 수학자. 근대 합리주의 철학의
    시조이다. 그의 철학은 사유의 제1 방편으로 '회의하는 정신'을 내세워, '나는 생각한다. 그
    러므로 나는 존재한다'는 유명한 명제에 도달함으로써 세계에 대한 모든 인식이 유도된다.
    해석기하학을 창시했으며, 광학 분야에서도 선구자였다. 저서에 『방법서설』, 『성찰』, 『철학
    의 원리』 등이 있다.
23 토머스 홉스(Thomas Hobbes, 1588~1679) ; 영국의 철학자, 법학자. 경험론적 입장에서 자연
    학을 철학의 기초로 두었고, 유물론적 입장을 취했다. 인간은 본래 이기적이어서 자기 이익
    만을 끝까지 추구하는 자연 상태에서는 '만인(萬人)의 만인에 대한 투쟁'이 있을 뿐이므로 각
    자의 이익을 위해서 사람은 계약으로써 국가를 만들어 자연권(自然權)을 제한하고, 국가를 대
    표하는 의지에 그것을 양도하여 복종해야 한다는 국가계약설을 주장했다. 저서에 『리바이어
    던』, 『철학원리』 등이 있다.

수백 가지 종류이며, 각각의 모국어마다 명확한 특징과 구별이 정해져 있다.

우리는 타인의 문장 속에서 발견되는 문체상의 결함을 간과해서는 안 된다. 그것은 자신이 글을 쓸 때 그런 결함을 범하지 않기 위해서라도 반드시 필요한 과정이다.

문체의 독자성

어떤 정신적 작품, 즉 저작을 평가하기 위해 반드시 그 저자가 무엇에 대해 어떻게 생각했는가를 파악해야 하는 것은 아니다. 저자의 일관된 사상을 알고 싶다면 그가 남긴 모든 작품을 읽어야만 가능하기 때문이다. 따라서 그가 '어떤 식으로' 사색했는가를 파악하는 것이 먼저이다.

그런데 여기서 '어떻게, 혹은 어떤 식으로'는 작가의 사고 체계에 갖춰진 고유한 '성질'이며, 이 성질을 지배하는 개념은 '독자성'이다. 그리고 작가의 사색에 내포된 고유한 성질을 비추는 거울이 바로 문체이다. 다시 말해 우리는 작가의 문체를 통해 그의 사상을 결정짓는 '형식적인' 특징, 즉 정신의 고유한 형태를 파악하게 된다.

그러므로 작가가 '무엇에 대해 어떻게 생각하든' 문체가 변해서는 안 된다. 작가가 개인적인 문체를 소유하는 것은 음식을 만들기 전에 원료인 밀가루를 어떤 식으로 반죽할 것인가와 동일한 문제인데, 어떻게 반죽하느냐에 따라 빵의 성질이 결정되는 것과 마찬가지다. 즉 반죽의 모양이 빵의 종류를 결정하는 조건이 아니므로 중요한 것은 반죽의 질이다.

지난날 오일렌슈피겔은 어떤 사람이 질문도 하기 전에 대답하는 데 얼마나 걸리느냐고 묻자, 그에게 "앞을 향해 걸어보시오!"라고 명령했다.

이 말의 뜻은 그 사람의 걸음걸이를 확인한 후에야 어느 정도의 속도로 어떤 지점에 언제쯤 도착할 수 있을지 가늠하는 것처럼 질문의 내용을 들어봐야 언제쯤 정확하게 답변해줄 수 있을지를 가늠한다는 의미였다.

그래서 나도 이와 마찬가지로 책을 선택하기 전에 먼저 저자가 쓴 글을 몇 줄 읽어본다. 이런 단순한 검증만으로도 과연 이 저자가 내가 원하는 곳으로 나를 이끌어줄 수 있을 것인지를 판단하게 된다. 이런 사실을 눈치챈 약삭빠른 작가들은 특유한 문체를 억지로 지어내 자신의 어리석음을 위장하는 경우도 많다.

그런데 작가의 고유한 문체는 소박한 정신과 순수한 신념을 바탕으로 구축되는 하나의 건축물이다. 그러므로 이 같은 미덕을 타고나지 못한 이상, 개인의 고유한 문체는 이룩되지 못한다. 즉 평범한 두뇌를 가진 일반인들은 생각과 동시에 글로 표현할 수 없다. 만약 이런 식으로 글을 쓸 경우 문장은 보잘것없는 소품으로 전락하고 만다.

개중에는 간혹 읽을 만한 작품이 되는 경우도 있는데, 성실한 태도로 글을 대하고, 실제로 머릿속에서 사고한 평범한 생각들을 간략하게 정리한다면 예상 밖의 좋은 결과를 얻게 될 것이다. 또 그 대상이 자신들의 전문분야일 경우, 꽤 유익한 글을 남기게 될지도 모른다.

그러나 실정은 이와 정반대다. 대다수의 작가들은 도달할 수 없는 허황된 망상에 사로잡혀 글을 쓰고 있다. 실제로는 아무런 생각도 하지 않았으면서 마치 위대한 사색에 빠져 있었던 것처럼 연극을 꾸미는 것이다. 그들은 자신들의 거짓된 주장을 날조하는 데 적합하다고 생각되는 난해한 문체와 의미가 전달되지 않는 신조어를 섞어 장황한 문장을 만들어낸다. 독자들이 자신의 생각을 알 수 없도록 복잡한 문장 뒤에 숨어버리는 것이다.

그들은 대중에게 인정받고 싶다는 욕망과 대중에게 자신의 편협한 지식을 감춰야 한다는 은폐 사이에서 방황하고 있다. 자신의 미숙한 사상을 마음껏 덧칠한 후 위대한 철인哲人의 그림자를 흉내내고자 몸부림친다. 이 같은 몸부림의 목적은 이 난해한 문장 뒤에 진실로 위대한 사상이 숨어 있을지도 모른다는 인상을 독자에게 각인시키는 데 있다.

짜깁기 수법과 문법, 논리, 수사

그런 방법 중 대표적인 방법이 어디선가 곁눈질한 타인의 사상을 조금씩 끄집어내 짜깁기하는 수법이다. 이렇게 짜깁기한 문장을 그럴싸하게 포장하기 위해 그들은 잠언 투의 짧은 문장과 역설적인 반어법을 남발한다. 이런 기법은 실제로 내포된 것 이상의 의미를 독자에게 암시하는 효과를 지니고 있다(그 대표적인 사례가 자연철학에 관한 셸링[24]의 저술이다). 또 한 가지 수법은 홍수처럼 엄청나게 많은 단어를 무작위로 쏟아내는 방법이다. 이 경우 독자는 눈앞에 펼쳐진 단어에 질려버리게 되는데, 이런 감정을 감동과 착각하게 된다. 그 결과 마치 위대

---

24 프리드리히 빌헬름 폰 셸링(Friedrich Wilhelm von Schelling, 1775~1854) ; 독일의 철학자, 피히테학파의 후계자로서 자연을 중시하고, 자연과 정신의 동일성, 객관과 주관과의 무차별이 철학의 원리가 된다는 동일철학을 수립했다. 저서에 『선험적 관념론의 체계』, 『인간적 자유 본질』 등이 있다.

한 사상을 접한 것처럼 몽롱한 의식에 사로잡혀 이 엉터리 수법이 원하는 목적을 달성시켜준다.

이처럼 낙후된 글쓰기도 정상적인 문체처럼 문법과 논리, 수사라는 세 가지 기본 형태를 필요로 한다. 다만 일반적인 수법보다 훨씬 복잡하다는 차이점이 있을 뿐이다(피히테가 남긴 대중적인 간행물이나, 그 이름을 운운할 가치마저 없는 비열한 철학자들, 즉 지푸라기 같은 두뇌를 소유한 인종들이 발간한 소위 교과서라는 것을 통해 우리는 이런 예를 얼마든지 확인할 수 있다).

이들은 자신들만이 공유할 수 있는 문장작법을 상정하고, 오직 자신들만이 우수하다고 주장하는 경우도 있다. 그들은 이런 문장을 가리켜 학구적이라고 말하는데, 대부분 사색의 결과는 전무하고, 문장만 길게 늘어뜨려 한참을 읽다 보면 마약과 비슷한 효과를 발휘한다. 그 때문에 독자는 독서로 인해 고문을 당하는 것과 비슷한 느낌을 갖게 된다(인류가 낳은 철학자 중 가장 비양심적이고 후안무치한 헤겔[25]과 그를 추종하는 제자들이 만든 학술 연구연보야말로 대표적인 사례라고 생각된다). 또 가끔은 유머러스한

---

25 게오르크 빌헬름 프리드리히 헤겔(Georg Wilhelm Friedrich Hegel, 1770~1831) ; 독일의 철학자. 독일 관념철학 최후의 대표자로, 철학체계의 근간으로 정·반·합의 변증법을 전개, 세계는 이데에의 자기 발전이며 철학의 과제는 이를 반성하는 데 있다고 보았다. 저서에 『정신현상학』, 『논리학』, 『법철학 강요』 등이 있다.

문장에 집착하는 경우도 있는데, 완전히 미쳐버린 것은 아닌지 의심스러운 문장이 탄생하곤 한다.

어쨌든 그들이 문체에 기울이는 노력만큼은 대단하다. 이런 노력은 자신들이 아무런 재능도 타고나지 못했다는 모멸감에서 탈피하기 위한 마지막 수단이라고 할 수 있다. 그러나 이로 인해 오히려 그들이 무지한 족속이며, 사고가 결여된 정신적 불구라는 진실만이 더욱 확연히 드러날 뿐이다. 그들이 나름대로 고안한 문체, 즉 단어를 끝도 없이 늘어놓거나, 문법에 맞지 않는 복합문장은 일반 대중을 속일 수는 있어도 진정한 지식인은 속일 수 없다.

이 점을 잘 아는 비열한 저술가들은 자신의 글을 통해 누군가 대신 생각해주기를 고대한다. 한마디로 어리석음의 극치라 하겠다. 하나의 문장을 위해 지불하는 그들의 이 같은 노력은 무의미한 단어를 사상으로 위장한 후 독자의 지갑을 열게 하려는 계획 하에 의도적으로 시도되고 있다. 즉 장사꾼이 온갖 방법으로 물건을 판매하려고 시도하는 장삿속인 것이다.

이 같은 목적을 달성하고자 그들은 의미를 알 수 없는 단어를 둘러대고, 복잡한 부호 등을 활용해 마치 지성인인 것처럼 행세한다. 이것은 그들에게 결코 지성이 존재하지 않는다는 사실을 반증하는 증거에 지나지 않는다.

그들은 자신이 쓴 글을 팔기 위해 문체를 가면처럼 사용하고 있다. 그리고 이 정교하게 만든 가면을 통해 독자들을 기만하고 있다. 간혹 그들이 뒤집어쓴 가면의 정체가 폭로되어 사람들에게 웃음거리가 되면 재빨리 다른 가면으로 바꿔 쓰곤 하는데, 이것이야말로 가장 재미있는 볼거리라고 생각된다. 바쿠스 제전에 참가한 술망나니의 역할로 사람들의 이목을 끈 후 그 다음 페이지에서는 엄숙한 철학자로 변신하고, 또 그 다음 페이지에서는 장황한 문장을 나열하는 전형적인 학자의 모습을 흉내냈다가 결국 현대적인 의상을 차려입은 크리스티안 볼프[26]의 모습으로 관속에 누워 있는 것이다.

지금도 이해할 수 없는 것은 그들의 호주머니 속에 이런 종류의 가면이 수도 없이 저장되어 있다는 점이다. 그리고 이보다 더 중요한 사실은 이 같은 현상이 독일에서만 통용되고 있다는 점이다. 독일에 이런 가면을 소개한 장본인은 피히테였고, 셸링이 완성했으며, 헤겔을 통해 전성기를 맞게 되었다. 현재까지도 그 매출은 엄청난 수치를 자랑하고 있다.

---

26 크리스티안 폰 볼프(Christian von Wolff, 1679~1754) ; 독일 계몽기의 대표적 철학자, 수학자. 철학적인 독창보다는 이의 논리화 · 체계화에 공헌했으며, 칸트 이전의 독일 학계를 지배했다. 저서에 『논리학』, 『존재론』 등이 있다.

누구나 쉽게 이해하는 글쓰기

독자가 이해하지 못하는 글처럼 쉬운 것은 없다. 반대로 중요한 사상을 누구나 쉽게 이해할 수 있게끔 글을 쓰는 것처럼 어려운 일은 없다. 지금까지 설명한 가증스러운 글쓰기는 독자가 실제로 사색해보면 그 가치가 모두 무용해진다. 비록 문장력은 조금 뒤떨어지더라도 그 문장에 담긴 정신이 진리라면, 언젠가는 참된 모습을 드러내게 마련이다. 호라티우스[27]도 "현명해지는 것이 좋은 글을 쓰는 유일한 방법이다. 그러나 좋은 글을 썼다고 현명해지는 것은 아니다"라고 말했다.

작문 기술에 연연하는 글쓰기는 연금술사의 헛된 노력에 불과하다. 금은 결코 변하지 않는 가치이며, 원래부터 금이었

---

27 호라티우스(Horatius, 기원전 65~기원전 8) ; 고대 로마의 시인. 황제 아우구스투스의 사랑을 받아 계관시인이 되었다. 경쾌한 『풍자시』와 『시론』, 유명한 『서정시집』 등이 전한다.

다. 그러나 연금술사들은 금의 대용품을 만들어내고자 무모한 연구와 어리석은 시도를 반복했다. 여기서 명심할 것은 대용품은 결코 진품이 될 수 없다는 점이다. 붓을 들고 글을 쓰려는 자는 대용품을 추구해서는 안 된다. 글을 쓰는 행위는, 만약 그 목적이 독자를 통해 실현될 경우 자신의 내면에 숨어 있는 정신의 이상을 있는 그대로 보여줘야 한다.

인간이라는 생물은 자신이 소유하지 못한 것을 현재 소유하고 있는 것처럼 꾸미려는 경향이 강하다. 이것은 글쓰기에서도 마찬가지다. 독자들이 저자의 주장을 믿지 않는 이유도 그동안 수없이 속아왔기 때문이다. 따라서 독자의 냉소적인 태도도 당연하다고 할 수 있다. 그러므로 소박한 기풍과 정직한 글쓰기야말로 작가에 대한 가장 훌륭한 찬사이다. 소박하다는 것은 자연스럽다는 의미이며, 정직하다는 것은 진리라는 뜻이다. 소박하고 단순한 문체는 독자를 정신의 세계로 유혹하지만, 부자연스럽게 덧칠된 문장은 읽는 이로 하여금 심란함을 느끼게 만든다.

위대한 사상가일수록 가능한 순수하고 명확하게, 간결하고 확실하게 자신의 사상을 표현하고자 노력했다. 단순함이야말로 진리의 특징이며, 모든 천재들 또한 단순함을 사랑했다. 앞서 말했듯이 아름다운 문체는 사상을 통해 만들어진다. 이 시대를 농락하는 사이비 사상가들처럼 문체를 통해 사상을 아름답게 꾸미려고 해서는 안 된다. 문체는 사상의 실루엣에 지나지 않는다는 점을 명심해야 한다. 따라서 졸렬한 문장이 탄생하는 원인은 문체가 졸렬해서가 아니라 작가의 사상이 졸렬하기 때문이다.

읽기 쉽고 정확하게 이해되는 문체를 만들기 위해서는 먼저 '주장하고 싶은 사상을 소유'해야 한다. 이 규칙은 두 번째, 세 번째 규칙을 필요로 하지 않을 만큼 매우 중요한 법칙이다. 실제로 이 규칙만 이해해도 올바른 문장의 길을 걸을 수 있다. 그러나 이 같은 규칙을 경시하는 것이 현재 독일에서 활동 중인 철학전문 저술가 및 작가들의 일반적인 특징으로 자리잡았다. 특히 피히테[28]가 나타난 이후 이런 경향이 현저하게 증가하고 있다.

이런 문장가들에게 공통적으로 나타나는 특징은 어떤 사상을 주장하지만, 그 주장에 대한 근거는 전혀 밝히지 않는다는 점이다. 대학 강단에서 함부로 떠들어대는 사이비 철학자

---

28 요한 고틀리프 피히테(Johann Gottlieb Fichte, 1762~1814) ; 독일의 철학자. 예나 대학에서 수학하고 가정교사를 하면서 칸트의 철학을 배웠다. 칸트의 소개로 『계시비판』을 내어 명성을 얻고, 예나 대학 교수를 거쳐 베를린 대학 초대 총장이 되었다. 1807년 프랑스군 점령하의 베를린에서 행한 「독일 국민에게 고함」이란 강연으로 국민의식을 고취한 것으로 유명하다. 저서에 『지식론』 등이 있다.

들이 선택한 이 같은 수법이 매년 쏟아져나오는 졸업생들을 통해 전국으로 퍼져나가고 있으며, 현재 명성을 떨치고 있는 일류 문필가들에게서 예외 없이 발견된다.

이런 수법이야말로 여러 가지 형태의 악문惡文을 생성하는 자궁이라고 할 수 있다. 부자연스럽고 모호한 다의적 표현, 지나치게 격식을 차리는 문장, 쓸데없는 말을 길게 늘어뜨리는 단어의 홍수가 대표적인 규격인데, 낡은 물레방아처럼 끝없이 돌며 독자의 눈을 어지럽힌 뒤 사상의 절실한 빈곤을 숨기는 은닉형 문체도 이와 동일한 수법으로 태어났다. 이런 종류의 문장은 몇 시간씩 읽더라도 얻어지는 것은 아무것도 없다. 이렇게 독일어를 물들이고 있는 문장작법과 작문 기술의 견본을 꼽는다면 저 악명 높은『독일연감』일 것이다.

독일인이 자랑하는 냉정하고 침착한 정신은 페이지를 넘길 때마다 튀어나오는 온갖 종류의 악문에도 꿋꿋하게 견뎌내고 있다. 작가의 본래 목적이 무엇인지 도대체 알 수 없는 지경에 이르러서도 조용히 책장을 덮는다. 어느새 독일인들은 이런 종류의 악문을 당연한 듯 받아들이고 있다. 단지 독자의 주머니에서 금화 몇 닢을 쥐어짜내기 위해 글을 쓴 작가의 본모습을 깨닫지 못하는 것이다.

간결한 문체, 적확한 표현

이에 반해 훌륭한 사상을 풍부하게 지닌 저술가는 독자의 신용을 얻기 위해 반드시 '주장해야 할 중대한 사상과 진실한 진리' 만을 설파한다. 독자들이 그의 작품에 세심한 주의를 기울이는 이유도 바로 이 때문이다. 이처럼 양심적인 저술가는 자신이 실제 주장할 수 있는 진실만을 글에 담기 때문에 항상 꾸밈 없는 간결한 문체와 누구나 읽고 이해할 수 있는 명확한 표현을 구사하게 된다. 그가 글을 쓰는 목적은 독자들에게 자신의 사상을 온전히 주입시키는 데 있기 때문이다. 글의 목적이 돈이 아니라 독자를 계몽시키는 데 있는 것이다.

그러므로 이런 작가들은 포아로의 주장에 적극적으로 찬성할 것이라고 생각한다. "나의 사상은 한낮의 햇살에 그 모습을 드러내고, 나의 시는 누구나 들을 수 있는 목소리로 외치며, 나의 언어는 결코 어리석은 아름다움을 추구하지 않노라." 이밖에도 포아로는 현재 독일에서 명성을 떨치고 있는 작문 기술자에 대해서도 정확하게 묘사했다. "그들은 말이 많지만, 그들이 하는 말 중 진리는 없다."

이들은 자신의 주장에 대한 변명을 용이하게 하기 위해 되도록 명확한 어법은 삼가고 있다. 이것이야말로 그들의 생태를 적나라하게 드러내는 완벽한 증거이다. 이 같은 특징을 통해 살아남은 집단이기 때문에 그들은 독자가 이해할 수 없는 좀더 추상적인 표현을 추구한다. 그러나 온전한 정신을 갖춘 작가라면 모든 계층의 독자들이 이해할 수 있도록 좀더 구체적인 표현을 구사한다.

문법상의 오류

정신의 대표적인 기능은 사물을 직관화하는 데 있다. 이 같은 직관화는 일종의 단순한 표현과 비슷한 맥락이다. 그런데 정신이 결여된 자는 사물을 직관화하는 것이 불가능하기 때문에 어떻게든 추상적인 변이를 일으키고자 여러 가지 문체상의 특징을 발굴해내는 것이다. 이런 사례 중 도저히 용납할 수 없는 것은 최근 10년간 독일의 출판계에서 관행처럼 반복되어 온 문법상의 오류이다.

예를 들어 '일으키다(bewirken)'라든가 '발생하다(verursachen)'라는 단어로 표현해야 될 것을 대부분 '제약하다(bedingen)'라는 한 가지 단어로 사용하고 있다. 이런 동사가 유행하는 이유는 앞서 살펴본 두 가지 동사보다 그 의미가 좀더 추상적이기 때문이다. 그 결과, 내용이 더욱 빈약해져(즉 '이에 따라'라는 뜻이 아니라 '이에 따르지 않을 수 없는'처럼 모호한 의미가 되어) 언제든지 그들에게 도주할 길을 제공하는 역할을 수행하고 있다. 여기서 그들이란 자신의 무능함을 너무나 정확하게 의식하기 때문에 항상 '명백한 언어'를 사용하는 데 두려움을 느끼는 패거리를 말한다.

이 같은 작가의 개인적 성향뿐 아니라 민족성에 의해 모호한 언어를 사용하게 되는 경우도 많다. 독일인의 경우 일상생활에서는 상당히 거칠지만, 문학만큼은 아둔한 작법으로 쓰인 작품일수록 열광한다. 독일인이 이처럼 모순된 국민성을 보이는 원인은 아직까지 증명되지 않고 있다. 영국인은 무엇인가를 써야 할 때 어떤 행동을 선택할 때와 마찬가지로 자기 자신의 판단에 의지한다. 반면에 독일인은 영국인의 이 같은 태도를 추종하기만 한다.

어쨌든 이런 식이기 때문에 '일으키다', '발생하다'라는 단어가 최근 10년간 문장에서 거의 완전히 사라지는 대신, 도처에서 '제약하다'라는 단어만 사용되고 있다.

평범한 작가들이 발표한 저작물이 지루하게 느껴지는 이유를 다음과 같은 사항에서 찾아볼 수 있을 것이다. 먼저 그들이 항상 이도 저도 아닌 어중간한 의미의 어휘를 즐긴다는 점, 즉 자신이 사용하는 어휘의 진정한 의미를 이해하지 못하고 있는 점이다. 그들의 문장은 개별적인 단어가 유기적으로 조합된 예술이 아니라 종합적으로 생성된 단어를 문장과 대치시켰을 뿐이다. 그들에게 사상이 부족한 이유는 오늘의 현실을 제대로 이해하지 못하고 있기 때문이다.

그들에겐 애초부터 사상을 만들어내는 데 필수적인 주형, 즉 현실에 대한 사색이 결여되어 있으며, 이를 대신하기 위해 수수께끼처럼 뒤얽힌 언어의 그물과 독자를 혼동시키는 복잡한 구조의 문장 및 진부한 표현을 신봉하게 된 것이다. 그로 인해 그들의 작품은 닳아빠진 활자로 찍어낸 인쇄물처럼 흐느적거린다.

반면에 올바른 정신의 소유자가 발표한 작품을 읽어보면, 그들이 '진실한' 언어로 우리에게 말을 걸고 있음이 느껴진다. 그들은 이렇게 우리를 고무시키고, 정신적으로 발전시키는 데 앞장선다. 이들 양심적인 작가만이 독자를 감동시킬 수 있는 의식을 갖추고 있으며, 이를 바탕으로 특별한 목적에 부합되도록 각각의 언어를 조합해나간다. 그들이 말하고자 하는 사상과 비양심적인 작가들의 저술을 비교해보면, 살아 있는 인간의 팔로 '그린' 그림과 타인의 작품을 모방한 위작처럼 뚜렷한 차이점이 발견된다. 양심적인 작가가 기록하는 문장마다 화가의 붓질처럼 특별한 의도가 담겨 있다면, 비양심적인 저술가의 문장은 엉성하게 조립된 고철 같은 느낌이 드는 것은 바로 이 때문이다.

이 같은 차이는 음악에서도 발견된다. 천재의 작품은 모든 부분에서 그의 고유한 정신세계가 감지되며, 이것이 작품의 특별한 형식을 이룬다. 리히텐베르크는 이를 두고 정신의 영원한 편재偏在라고 말했다. 그의 말에 따르면 셰익스피어[29] 연극 전문배우인 게릭의 온몸에서 극에 몰입된 영혼이 느껴졌다고 한다.

---

29 윌리엄 셰익스피어(William Shakespeare, 1564~1616) ; 영국의 극작가, 시인. 청년 시절에 런던으로 와서 처음에 배우가 되었으나, 『비너스와 아도니스』로 풍부한 시재를 인정받은 뒤 희극, 비극, 사극 등에 뛰어난 재능을 발휘했다. 그의 비극은 어두운 인간의 신비를 캐고, 시대를 초월한 경지에 이르렀다는 평가를 받았다. 작품으로 4대 비극인 『햄릿』, 『리어왕』, 『맥베스』, 『오셀로』 외에 『로미오와 줄리엣』, 『베니스의 상인』 등이 있다.

객관적인 것, 주관적인 것

지금까지 독자를 속이는 저급한 저작물에 대해 설명했다. 이에 대해서는 주의할 점을 보완해둘 필요가 있다. 이 같은 저작물 때문에 독자가 체감하는 무료함에는 객관적인 것과 주관적인 것, 두 종류가 있다.

객관적인 무료함은 명확한 사상과 지식이 결여된 저자의 결함에서 비롯된다. 사상이 풍부한 작가는 독자에게 자신의 주장을 전달하는 것만으로도 벅차다. 그 때문에 항상 뚜렷한 윤곽으로 독자를 납득시키고, 무의미한 언어는 가급적 사용하지 않는다. 즉 독자와 자신을 혼란스럽게 만들지 않는다. 독자는 그의 글에서 지루함을 느낄 시간적 여유가 없다. 만약 그의 사상이 근본적으로 오류일지라도 작가 개인의 주관적인 사색을 통해 얻어진 결과이므로 최소한 형식적인 면에서 읽을 만한 가치가 있다. 그러나 객관적으로 무료한 저작은 근본사상과 형식이 모두 잘못되었기 때문에 어디에서도 그 가치를 찾을 수 없다.

주관적 무료는 객관적 무료와 달리 상대적이라는 특징이 있다. 즉 독자가 저자의 주장에 아무런 관심도 갖지 않는 데서 발생하는 것이다. 독자가 저자의 주장에 관심을 갖지 못하는 이유는 독자가 관심을 느끼는 데 어떤 한계가 설정되어 있기 때문이다. 그러므로 아무리 뛰어난 사상일지라도 읽는 독자에 따라 권태를 느낄 수 있다. 반대로 열등한 사상이더라도 주관적인 기분에 의해 흥미를 느끼는 수가 있다.

가능하면 위대한 정신의 소유자처럼 사색하는 것이 올바른 방법이지만, 사색에 대한 표현, 즉 언어만큼은 누구나 사용하고 이해할 수 있는 수준을 유지하는 것이 바람직하다. 이에 대해서는 독일의 저술가들도 대체로 인정하고 있다. 중요한 것은 일반적인 언어로 비범한 사상을 이야기할 수 있는 작가의 능력이다.

그러나 독일의 저술가들이 선택한 방법은 정반대이다. 이들은 별볼일없는 개념을 지극히 고상한 표현으로 치장한다. 극히 단순하고 일반적인 사상을 기묘한 어조와 거드름이 섞인 부자연스러운 목소리로 읽어 내려간다. 한마디로 표현해서 그들의 문장은 귀족의 발걸음처럼 무겁게 뒤룩거린다. 요컨대 그들은 부족한 정신에서 비롯되는 공허감을 거만하고 화려한 문체와 과장된 몸짓으로 대신하는 것 같다.

프랑스어의 'style empesé(긴장된 문체)'는 독일어 문법상 불가능한 표현이다. 그런데 많은 작가들이 이런 투의 외래어를 자신의 문장에 멋대로 보완하고 있다. 마치 독일어만으로는 자신의 사상을 정확하게 표현할 수 없기 때문에 뜻도 통하지 않는 외래어를 쓸 수밖에 없다는 식이다. 작가들은 이런 외래어를 쓰면 자신의 문장에 위엄이 갖춰진다고 생각한다. 이는 사교계에서 신분을 가장하기 위해 허세를 부리는 것과 다를 바 없는 행동으로 도저히 묵과할 수 없는 행위이다. 작가의 정신적 빈곤이 독일에서는 이런 식으로 둔갑하고 있다.

이렇듯 거만한 말투로 글을 쓰는 자는 자신의 비천한 신분을 숨기고자 어울리지도 않는 값비싼 의상으로 몸을 감싸는 졸부와 같다. 진정한 신사는 아무리 허술한 복장으로 거리를 활보해도 누구 한 사람 얼굴을 찌푸리지 않는다. 즉 호화로운 장식품과 값비싼 의상이 졸부의 더러운 속성을 나타내는 증거가 되듯이 자신의 지적인 부족함을 감추기 위해 함부로 언어를 도용하는 것은 지적 천박성을 드러내는 증거가 된다.

또 한 가지 주의할 점은 평상시 이야기하는 투로 글을 써서는 안 된다는 점이다. 글은 어떤 경우에도 비문에 새겨진 문체의 모습을 어느 정도 갖춰야 한다. 비문에 새겨진 문체야말로 모든 문체의 조상이기 때문이다. 그러므로 지나치게 현대적인 감각으로 글을 쓰기 위해 고심하는 만큼 그 반대되는 노력, 즉 글을 쓰듯 논리적으로 이야기하려는 노력도 동일하게 적용되어야 한다.

노력의 결과와 문체

표현이 모호하고 불명확한 문장은 그만큼 정신적으로 빈곤하다는 반증이다. 이처럼 표현이 모호해지는 이유는 거의 대부분이 사상적으로 불명료하기 때문이며, 작가의 사상이 불명료하다는 것은 사색의 오류, 모순, 부정에서 시작된다.

어떤 사람의 머릿속에 하나의 사상이 떠오르면, 그는 즉시 머릿속에 떠오른 사상을 명료화하기 위해 노력하게 되는데, 이 같은 노력의 결과가 바로 문체이다. 따라서 인간의 지성으로 고찰할 수 있는 모든 사상은 언제 어느 때나 명료하고 평범한 언어를 통해 표현될 수 있다. 다시 말해 문장이 난해하고 불분명하며 모호하다는 것은 그 문장을 조립한 작가 자신이 현재 무슨 생각을 하고 있는지 모르겠다는 응석에 불과하다. 그렇기 때문에 그들은 하고 싶은 말이 없다는 사실을 자신뿐 아니라 타인에게도 숨기려 한다.

피히테와 셸링, 헤겔처럼 자신이 이해하지 못하는 주장을 평소의 지식처럼 위장하고 싶어거나, 생각하지도 못한 내용을 생각하고 있었던 것처럼 위장하고 싶어한다. 쿠인틸리아누스[30]는 이에 대해 다음과 같이 말했다. "학식이 풍부한 사람일수록 쉽게 말하고, 학식이 부족할수록 더욱 어렵게 말한다."

이밖에도 수수께끼 같은 표현을 삼가야 되며, 자신이 현재 무엇을 주장하고 있는지, 혹은 주장하지 않고 있는지를 항상 점검해야 한다. 그러나 독일의 저술가들은 언제나 명확한 표현을 회피하기 때문에 아무리 노력해도 친근감을 주지 못한다.

어떤 작용도 정도가 지나치면 처음 목표했던 것과 반대되는 결과를 초래하게 마련이다. 언어 또한 사상을 알기 쉽게 도울 수는 있지만, 그 효용도 적정한 한계를 유지했을 때 비로소 가능해진다. 그 한계점을 지키지 않고 무조건 언어의 양적 확대만 추구하다 보면 전달되어야 할 사상은 결국 명료함을 잃고 만다. 이 같은 한계점을 분명하게 인식하는 것이야말로 문체의 가장 중요한 임무이며, 판단력의 척도라고 할 수 있다.

---

30 마르쿠스 파비우스 쿠인틸리아누스(Marcus Fabius Quintilianus, 35?~96?) ; 에스파냐 태생의 고대 로마 수사학자, 문예비평가. 만년에 저술한 『변사가의 육성』은 중세 및 문예부흥기의 문장법, 문예비평, 교육 분야 등에 많은 영향을 주었다.

간결한 표현과 사족蛇足

쓸데없이 덧붙인 단어도 문체의 이 같은 목적에 정면으로 위배된다는 점을 명심해야 한다. 볼테르 또한 "형용사는 명사의 적이다"라고 말했다. (그러나 이런 방법으로, 즉 되도록 많은 단어들을 구사해 자신의 사상적인 빈곤을 은폐하려는 저술가가 많은 것은 말할 나위도 없다.) 따라서 무의미한, 다시 말해 독자가 고생해서 읽을 만한 가치가 없는 단어를 길게 나열하는 행위는 무조건 피해야 한다.

저술가는 독자의 시간과 노력, 그리고 무엇보다 인내력을 낭비시켜서는 안 된다. 이처럼 양심적인 태도로 글을 쓸 때만이 나름대로의 가치를 인정받게 되고, 독자의 신뢰도 얻게 될 것이다. 무의미한 문장을 더 써넣는 것보다 차라리 좋은 문장이라도 문맥상 거슬린다면 과감히 잘라내는 편이 훨씬 낫다. "절반은 전체보다 낫다"는 헤시오도스[31]의 격언은 바로 이런 경우를 두고 한 말이다.

작가가 모든 것을 다 쓰려고 노력할 필요는 없다. "독자가 권태를 느끼게 하는 비결, 그것은 모든 진실을 말하는 것이다." 그러므로 될 수 있는 한 문제의 핵심과 중요한 부분만 언급하고, 독자가 스스로 생각할 수 있는 여유를 남겨둬야 한다. 적은 분량의 사상을 전달하기 위해 다량의 언어를 사용하는 것은 작가의 자격이 없다는 사실을 스스로 증명하는 것밖에 되지 않는다. 모든 위대한 작가들은 다량의 사상을 표현하기 위해 소량의 언어를 사용했다.

진리는 간결하게 표현될수록 독자에게 깊은 감동을 전달한다. 그 이유는 첫 번째, 독자의 마음을 분산시키는 원인을 미리 차단할 수 있기 때문이다. 두 번째, 독자가 수사적 기교에 농락당하거나 기만당해서는 안 되기 때문이다. 예를 들어 인간의 존재가 덧없다는 진리를 욥의 다음과 같은 말처럼 깊은 감동과 함께 전할 수 있는 수사적 표현이 또 있을까. "내가 태어나던 날에 이 세계가 멸망했더라면, 차라리 캄캄했더라면, 사망의 그늘이 내가 태어나던 날을 자기 것이라 우겼더라

---

31 헤시오도스(Hesiodos, ?~?) ; 기원전 8세기경의 그리스의 서사시인. 그리스 문학사상 처음으로 정의(正義)의 사상을 읊은 『일과 나날』, 『신통기』 등이 전한다.

면 내 눈으로 이토록 참담한 환난을 보지 않았을 것을."

괴테의 소박하고 정결한 시가 기교로 가득 찬 실러[32]의 시보다 월등히 우수한 이유도 바로 이 때문이다. 또 각국의 민요가 자국민에게 강한 감동으로 영원히 기억되는 이유도 이 때문이다. 그러므로 건축에서 지나친 장식을 경계하듯 언어를 통한 예술에서도 불필요한 수식과 부연, 과잉된 표현을 경계하는 것이 바람직하다. 그 대신 순결하고 간략한 문체를 위해 더욱 노력해야 한다. 쓸데없는 덧칠은 본질을 왜곡시키게 마련이다. 단순하고 소박할수록 진리는 더욱 고귀해지며, 이 같은 단순함은 예술을 진리로 승화시키려는 모든 예술가들의 공통적인 규범이다.

표현의 간결함을 유지하기 위해서는 표현해야 할 사실만을 기술해야지, 누구나 생각할 수 있는 빤한 내용을 쓸데없이 길게 설명해서는 안 된다. 그러기 위해서는 무엇보다 필요한 내용과 불필요한 내용을 올바르게 구별할 수 있는 안목이 필수적이다. 그렇다고 정상적인 문법까지 간결하게 희생시키라

---

32 요한 크리스토프 프리드리히 폰 실러(Johann Christoph Friedrich von Schiller; 1759~1805) ; 독일의 시인, 극작가, 역사가. 슈투름운트드랑 운동의 혁명적 극작가로 등장하여 『군도』, 『음모와 사랑』을 발표하여 이름을 날렸다. 칸트 철학을 연구하여 그의 미학과 윤리학을 발전시켰으며, 괴테와 함께 고전주의 예술이론을 확립했다. 저서에 『발렌슈타인』, 『빌헬름 텔』 등이 있다.

는 뜻은 아니다. 몇 마디 단어를 생략한다는 명분으로 표현을 약화시키거나, 문장의 뜻을 왜곡하는 것은 비난받아 마땅한 어리석은 짓이다.

그러나 이런 어리석은 행위가 간결함으로 잘못 곡해되어 유행하고 있는데, 이 같은 간결함은 자칫 문법적으로, 또는 논리적으로 반드시 필요한 부분까지 잘라버리는 잘못을 저지를 수 있다. 현재 독일에서 가장 형편없는 저술가들이 이런 잘못된 수법에 열중하고 있으며, 이런 수법을 신봉하는 그들의 어리석음은 믿을 수 없을 정도로 심각한 수준에 이르렀다.

이들은 몇 가지 뜻이 다른 문장을 연속적으로 써야 할 때 단 한 개의 단어를 생략하기 위해 문장의 가장 핵심적인 동사나 형용사를 변형시켜 명사로 활용하는 경우도 있다. 이 때문에 독자는 도저히 뜻을 헤아릴 수 없는 상황에 맞닥뜨리게 되고, 결국 모든 문장을 처음부터 다시 읽어야만 한다. 이렇게 몇 번씩 반복해서 읽어도 저자의 의도는 여전히 모호하기만 하다. 그뿐만이 아니다. 이밖에도 여러 가지 생략법을 사용해 표현과 문체를 간결하게 만들고자 헛된 노력을 낭비하고 있다.

물론 여기서 말하는 간결이란 그들의 단순한 머리로 상상하는 간결함에 지나지 않는다. 그들이 신봉하는 방식으로는 문장 전체의 의미를 간결하게 나타낼 수 없는 것은 물론이고, 햇빛처럼 귀중한 단어 하나가 생략되는 바람에 문장은 거대한 수수께끼가 되어 독자들을 바보로 만든다.

그들은 특히 'wenn'과 'so'[33] 같은 불변화사不變化詞의 활용을 극도로 자제하고 있는데, 일반적으로 동사를 앞에 두고도 문장의 말미에 그 대역을 반복해서 출현시키는 식이다. 이런 생략법을 사용할 경우 적절한 상황과 그렇지 못한 상황을 구별해야 하지만, 그들의 아둔한 머리로는 도저히 구별이 불가능하다. 그 결과 독일어에서 그 유례를 찾아볼 수 없는 낯선 문장과 모호한 단어들이 탄생하곤 한다.

---

33 각각 조건문과 귀결문 앞에 놓이는 말.

문법과 언어감각(1)

현재 인기를 끌고 있는 몇 가지 문법상의 잘못도 이와 비슷한데, 예를 한번 들어보면 다음과 같다. "Käme er zu mir, so würde ich ihm sagen(그가 나에게 다가오면, 나는 그에게 말을 건넬 수 있을 텐데)"이라는 의미의 문장을 표현하기 위해 현대의 어리석은 저술가들은 "Würde er zu mir kommen, ich sagte ihm"이라고 쓴다. 그러나 이 문장은 분명 잘못된 문법이다. 'würde'를 문장의 맨 앞에 둬야 할 때는 그 문장이 의문문일 때만 가능하다. 그리고 이것이 예외인 경우는 기껏해야 현재형의 조건문이며, 미래의 조건문에는 절대로 허용될 수 없다.

그러나 표현을 간결하게 만들고 싶다는 그들의 열망은 단어나 음절을 삭제하는 것 외엔 다른 문법상의 방법을 알지 못하기 때문에 이처럼 언어 파괴적인 행위를 반복하게 되는 것이다. 따라서 그들이 음절의 논리적 가치, 문법적 또는 어조語

調의 가치를 깨닫지 못하는 한 언어 파괴는 앞으로도 꽤 오랫동안 이어질 것으로 보인다.

한 마리의 당나귀가 이렇게 영웅 행세를 하기 시작하면 즉시 다른 100마리의 당나귀가 그 뒤를 따른다. 그러나 이 같은 어리석은 행위에 대한 비난은 그 어디에서도 들리지 않는다. 오직 그를 모방하는 데 급급할 뿐이다.

이렇게 해서 1840년대를 살아가는 이 무지한 문필가들은 마침내 독일어에서 현재완료와 과거완료를 완전히 추방하는 데 성공했다. 사상의 간결함이 아닌 문장의 간결함을 위해 독일어의 핵심이라고 할 수 있는 이 두 가지 완료형을 일반적인 미완료과거로 바꿔놓았고, 그 때문에 독일어의 과거형은 사실상 유명무실하게 되었다. 우리는 더 이상 지나간 세월을 세밀하게 반추할 수도 없으며, 정확하게 표현할 수도 없는 미완료과거를 위해 희생을 강요당하고 있다. 그러나 더 큰 문제는 이런 종류의 희생이 아직 더 남았다는 사실이다. 현재 독일어는 그들의 어리석은 행위로 인해 상당한 피해를 입었는데, 앞으로도 더 큰 피해가 남아 있다. 그들이 여전히 멋대로 문법을 잘라내고 있기 때문이다. 따라서 그들이 보여주는 갖가지 언어 파괴 중에서도 이 같은 삭제야말로 가장 극악무도하다고 말할 수 있다. 이런 파괴가 논리를, 즉 언어의 의미를 침범하고 있기 때문이다.

나는 이 장章을 통해 최근 10년간 출간된 책 중에서 첫 문장부터 마지막 문장까지 단 하나의 과거완료도 등장하지 않는 책이 존재한다는 사실을 증명하고 싶다. 뿐만 아니라 현재완료마저 포함되지 않은 책이 존재할 수 있다는 사실을 확인시키고 싶다. 어떤 저자는 미완료과거와 완료가 같은 의미이며, 이 두 개의 문법을 난잡하게, 그리고 무차별적으로 혼용해도 상관없다고 생각하는 것 같다.

실제로 이런 생각을 하고 있다면 당연히 정부는 이들을 위해 고등학교 교육을 다시 한번 체험할 수 있도록 배려해야 할 것이다. 만에 하나 과거의 위대한 작가들이 이처럼 문법을 무시하고 멋대로 글을 썼다면 우리는 지금 어떤 글을 통해 독일어를 배우게 되었을까. 모국어에 대한 이 같은 모독은 거의 예외 없이 모든 신문지상과 새로 나온 책에서 자행되고 있으며, 학술잡지마저 예외가 아니다.

앞서 설명한 것처럼 독일의 문학은 우둔한 작법으로 퇴화하고 있으며, 일상생활은 난잡하고 거만한 행동이 추종자들을 결집시키고 있다. 솔직히 말해서 독일인의 판단력은 언제나 수준미달이다. 지금까지 독일어를 지켜온 이 같은 시제時制가 사라지게 된다면 우리의 모국어는 전 세계에서 가장 열등한

야만어로 전락하게 될 것이 뻔하다. 그렇기 때문에 정부는 저술가들을 위해 문법학교를 건립하는 것이 필요하며, 이곳에서 미완료과거, 완료, 과거완료의 차이점과 소유격 및 탈격의 차이를 가르쳐야 한다.

특히 소유격의 경우 어이없게도 탈격으로 둔갑하는 사례가 급증하고 있다. 예를 들어 "Leibnitzens Leben(라이프니츠의 생애)", "Andreas Hofers Tod(안드레아스 호퍼스의 죽음)"라고 표현하는 것이 합당한 문법임에도, "Das Leben von Leibnitz", "Der Tod von Hofer"라고 표현하는 실정이다.

다른 나라의 언어에서도 이 같은 문법적인 파괴가 진행되고 있을까. 예를 들어 이탈리아의 극작가들이 'di' 와 'da' (소유격과 탈격)를 잘못 사용했을 때 이탈리아인들은 과연 어떻게 반응할까. 물론 프랑스어의 경우에는 이 같은 불변화동사가 모호하게 진행될 수 있다. 그러나 이는 어디까지나 프랑스어에 한해서이다. 독일의 저술가들은 자신의 모국어가 프랑스어인지, 독일어인지조차 가늠하지 못하는 것일까.

게다가 이 어리석은 행동을 추종하는 후계자들은 한 발 더 나아가 전치사까지 혼동하고 있다. 프랑스어 중 전치사로 쓰이는 'pour' 라는 단어가 있다. 이것이 독일어에서도 간혹 전치사의 역할을 수행하는 경우가 있는데, 언어감각이 현저하게 떨어지는 우리 독일의 문필가들께서는 'gegen, um, auf' 와 같은 전치사를 사용해야 하는 일반적인 경우에도 'pour' 의 독일어격인 'für' 를 사용한다. 심지어는 전치사가 필요 없는 문장에서도 'für' 를 사용하는 사례를 목격했다. 요컨대 프랑스어의 'pour' 를 흉내내는 것이 그 목적인 듯싶다. 이런 경향이 극단적으로 반복될 경우 전치사 'für' 를 무려 6번이나 사용하는 문장이 탄생될 수도 있다. 이밖에도 "Diese Menschen haben keine Urteilskraft(이 사람들은 판단력을 갖추고 있지 않다)" 라고 말하는 대신, "Diese Menschen, sie haben keine Urteilskraft(이 사람들은, 즉 그들은 판단력을 갖추고 있지 않다)로 표현하거나,[34] 프랑스어처럼 독일어에 비해 문법적으로 뒤떨어지는 저질 언어를 독일어보다 높게 평가하는 이른바 '퇴폐적인 프랑스식 취미' 로 글을 쓰고 있다.

물론 독일어로 표현할 수 없는 외래어인 경우 그 뜻과 철자를 그대로 옮겨오는 것은 어쩔 수 없는 일이다. 이는 편협한 순수 모국어주의자의 주장처럼 독일어를 몰락시키는 죄악이라고 볼 수 없다. 오히려 많은 외래어가 모국어에 동화되어 더

---

34 독일어의 보통 서식으로는 "Diese Menschen haben……" 이며, 'Diese Menschen(이 사람들)' 을 굳이 'sie(그들)' 로 고칠 필요는 없다.

욱 풍요로운 문장으로 거듭날 기회를 제공하기도 한다. 실제로 독일어의 어휘 중 절반은 라틴어에 그대로 인용할 수 있다. 그중 어떤 단어가 로마인들로부터 전래된 것이며, 또 어떤 단어가 이보다 더욱 오래된 산스크리트어에서 유래된 것인지는 단언하기 어려운 문제다.

나는 개인적으로 독일의 저술가를 위해 제안한 문법학교에서 현상문제도 가르쳐야 한다고 생각한다. 오늘날 이 땅의 저술가들은 다음의 두 의문문이 어떻게 다른지 전혀 모르기 때문이다.

Sind Sie gestern im Theater gewesen?(당신은 어제 연극을 봤습니까?)

Waren Sie gestern im Theater?(당신은 어제 연극을 보고 있었습니까?)

최근에 유행하기 시작한 'nur' 라는 단어의 잘못된 용법에 주목하면, 이들이 문장의 간결함에 대해 어떤 생각을 갖고 있는지 짐작할 수 있다. 이 말은 누구나 알고 있는 것처럼 사물의 범위를 제한하는 의미로 사용된다. 즉 "nicht mehr als(…을 초월하지 않고, 다만……뿐)"이다. 그런데 나는 머리가 이상한 인간들이 이 말을 "nicht anders als(……이 아니라 ……임에 틀림없다)"라는 뜻으로 사용하는 것을 목격했다. 두 구절의 의미는 전혀 다르다.

그러나 언어의 삭제에 열광하는 인종들이 탄생했다. 그
결과 현재 'nur'의 의미가 왜곡된 용법들이 상당히 많이 출현
하게 되었다. 그 때문에 집필자의 의도와 전혀 다른 뜻의 문장
이 만들어지는 경우도 종종 발생한다. 이를테면 누군가를 칭
찬하기 위해 쓴 문장이 "Ich kann es nur loben(내가 할 수 있는
일은 그를 칭찬하는 것뿐이다)"이 되어버리는 것이다. 'nur'를 사용
했기 때문에 이 문장은 그에 대한 칭찬이 아니라 그의 행위에
대한 칭찬이 되며, 포상할 생각은 없다는 뜻이 된다. 또 상대
방을 비난한다는 뜻으로 "Ich kann es nur missbilligen(내가 할
수 있는 일은 그를 비난하는 것뿐이다)"이라는 표현을 거리낌없이 사
용하고 있다. 이 문장의 의미는 비난은 할 수 있지만, 그에 합
당한 대가를 부여할 수는 없다는 뜻이다.

이밖에도 최근 들어 몇 가지 형용사, 이를테면 'ähnlich(비
슷한)'와 'einfach(단순한)'를 부사적인 용법으로 사용하는 것이
유행하고 있다. 이 같은 용법이 대체 어떤 근거로 탄생하게 되
었는지는 모르겠지만, 이런 사례를 접할 때마다 불협화음을
듣는 것처럼 정신이 혼란스러워진다. 어떤 나라의 언어에서도
형용사를 아무렇지도 않게 부사처럼 사용하는 것은 결코 묵인
할 수 없는 잘못이다. 다른 나라의 언어에서 다음과 같은 형용

사의 부사적 용법이 시도된다면 엄청난 비난에 직면하게 될
것이다.

| | 형용사 | 부사 | 형용사 | 부사 |
	비슷한	비슷하게	단순한	단순히
라틴어	similis	similiter	simplex	simpliciter
프랑스어	pareil	pareillement	simple	simplement
영어	like	likely	simple	simply

유독 독일만이 모국어의 특색을 잊어버린 채 아이들의 장
난감처럼 우롱당하고 있다. 그들은 마치 자신들이야말로 유럽
에서 유일하게 재치와 기지를 갖춘 민족이기 때문에 이런 식
으로 모국어를 다뤄도 상관없다고 생각하는 것 같다.

이는 더 이상 방치해서는 안 될 사회적 문제로 대두되었
다. 어느 누구도 이들의 장난에 주의를 기울이지 않는 동안
하찮은 몇몇 문필가들이 독일어를 문란케 했고, 모국어가 지
니는 위대한 정신을 엉망으로 훼손시켜놓았다. 더욱 한심스
러운 것은 이들과 맞서 싸워야 할 '학자'들이 한줌의 명성을
좇아 저널리스트의 뒤꽁무니만 따라다니고 있다는 점이다.
한마디로 벙어리와 귀머거리들이 우리의 언어를 지배하고
있는 셈이다. 이처럼 오늘날 독일어는 심각한 위기에 직면해

있다.

　이 같은 문제를 더 이상 방치해서는 안 된다. 부사와 형용사를 구별하는 것은 당연한 권리이자, 독일인의 소중한 의무이다. 따라서 'sicherlich'를 '확실히'라는 뜻의 부사로 사용할 경우, 같은 문장에서 'sicher'라는 형용사를 사용해서는 안 된다. 아무리 간결한 문장이 중요할지라도 정해진 문법과 표현에 상처를 입혀서는 안 된다. 보잘것없는 찰과상일지라도 그 파장은 우리 세대가 감당할 수 없을 정도로 막강하다.

　표현을 정확하게 하는 힘, 즉 수단이야말로 모국어에 가치를 부여하는 유일한 방법이다. 이런 힘과 수단에 호소할 때 비로소 사상은 올바르게 전달될 수 있으며, 작가의 미묘한 심리상태까지 정밀하고 명확하게 표현할 수 있는 능력을 갖게 된다. 아름답고 생기 있는 고전적인 문체란 바로 이렇게 만들어진 문장을 가리키는 말이다. 그런데 오늘날에는 표현을 '명쾌하고 정확'하게 하는 이런 수단과 방법이 언어를 '절단하는 작업'에 의해 설자리를 잃고 있다. 절단하는 작업에 동원되는 방법은 무척 다양한데, 그중에서도 접두사와 접미사의 삭제, 부사와 형용사를 구별하는 음절의 삭제, 조동사의 생략, 완료형을 대신해 사용하는 미완료과거의 남용 등이다.

　이처럼 문법의 근간을 뒤흔드는 풍조가 편집광처럼 지식

인의 머릿속에서 창궐하고 있으며, 현재 독일에서 활동 중인 문필가 중 이 같은 치명적인 돌림병에 걸리지 않은 사람은 거의 없을 것이다. 이를 바로잡아야 할 언어학자마저 누구 한 사람 이의를 제기하기는커녕 이런 무법적인 행동에 동참하지 못해 안달이다. 이제는 그 저능함에 어이가 없을 정도다. 과연 영국, 프랑스, 이탈리아 같은 유럽의 다른 국가들이 이런 저급한 풍조를 보고 우리를 어떻게 평가할 것인가. 독일인은 푸줏간 주인이 뼈와 살을 발라내듯 우리의 모국어를 토막내고 있다. 그 덕분에 아름다운 우리의 모국어는 짐승의 울음처럼 뜻을 알 수 없는 괴음으로 전락하고 말았다. 이것이 독일어의 현주소이다.

문장의 간결함을 추구하는 독일의 문필가들이 저지른 잘못 중 가장 참담한 죄악은 각각의 고유한 단어를 축소시키는 절단 제거법을 발명했다는 점이다. 이 절단 제거법을 통해 일용직 노동자처럼 난잡스러운 글을 발표하는 싸구려 저술가, 술에 취한 신문기자들이 한패가 되어 독일어에 난도질을 하고 있다. 사기꾼이 화폐를 위조하듯 모조품을 양산하고 있는 것이다. 사상이 부족하다는 자괴감에서 비롯된 간결한 문체의 추구가 결국 돌이킬 수 없는 과오를 저지르도록 만든 셈이다. 그들의 머리로 이해할 수 있는 간결함은 의미의 간결이 아니라 눈에 보이는 문장 길이의 간결함이다. 이를 위해 만든 것이 절단 제거법인데, 나는 이 의미조차 불분명한 문법에서 한없이 지껄일 수밖에 없는 그들의 비애를 체감한다.

주어진 짧은 시간에 되도록 많은 말을 지껄이기 위해 자모와 음절을 모호하게 만들고, 굶주린 비둘기가 광장 한복판에서 구구거리듯 거친 숨소리로 쉴새없이 중얼거린다. 단 몇 마디로 족한 자신의 사상을 책 한 권에 해당하는 단어로 요약하는 것이 이들의 특성이다. 그리고 이 같은 목적을 달성코자 그들은 정해진 문법을 무시한 채 단어를 제거하고, 접두사와 접미사를 멋대로 축약한다.

한 예로 그들의 문장에서 음률, 발음, 어조에 필수적인 이중모음 및 장음화의 역할을 수행하는 'h'는 제거대상 1호이다. 특히 이 야만스러운 파괴욕은 'ung', 'keit'라는 어미의 음절을 주시한다. 그 이유는 이 두 가지 음절의 의미를 전혀 이해할 수 없고, 필요성을 느끼지도 못하기 때문이다. 다시 말해 독일의 저능아들은 두 개의 음절을 구별할 줄 알았던 조상들의 섬세한 신경을 극도로 증오하고 있는 것이다.

우리의 조상들은 'ung'을 통해 주체적인 행동과 객관적인 행위, 즉 대상과 대상의 움직임을 구별했고, 'keit'를 통해서는 지속적인 상태와 연속적인 성질을 구별했다. 예를 들어

'Tötung(살해)', 'Zeugung(생산)', 'Befolgung(복종)', 'Ausmessung(측정)' 처럼 어미 'ung'이 뒤따르는 단어는 주로 대상의 행동을 가리키며, 'Freigebigkeit(관대)', 'Gutmütigkeit(친절)', 'Freimütigkeit(솔직)', 'Unmöglichkeit(불가능)', 'Dauerhaftigkeit(지속)' 처럼 어미 'keit'가 뒤따르는 단어는 주로 대상의 영속적인 상태를 제시하는 데 사용되었다.

이밖에도 'Enschließung', 'Entschluβ', 'Entschlossenheit' 라는 세 가지 단어를 통해 이 같은 구별은 더욱 명확해질 것이다.[35] 그러나 안타깝게도 현대 독일의 정신세계를 지배하는 난폭한 언어개량주의자들은 너무나 둔감해 이런 구별 자체가 불가능한 인종들이다. 그들은 'Freimütigkeit'로 써야 될 때 'Freimut' 라고 써버린다. 만약 그들의 주장이 문법적으로 타당성을 얻게 된다면 'Gutmut' 라든가 'Freigabe'로 표현해도 무방할 것이며, 'Ausführung(실행)' 대신 'Ausfuhr'를, 'Durchführung(관철)' 대신 'Durchfuhr'를 사용해도 상관없을 것이다.

또 'Beweis(증명)' 가 올바른 표현이지만, 둔감한 개량주의

---

35 모두 'entschliessen(결의하다)' 이라는 동사에서 파생된 명사로서 첫 번째 단어는 행동, 세 번째의 'heit' 는 'keit' 의 본래 형태이므로 단호한 태도를 의미한다. 두 번째 단어는 객관적인 사실로서의 결심을 나타낸다.

자들은 'Nachweis'로 쓰고 있으며, 실제로는 'Nachweisung' 이라고 표현하는 것이 올바르다. 'Beweis'는 "mathematischer Beweis(수학적 증명)", "faktischer Beweis(사실에 의한 증명)", "unwiderleglicher Beweis(반박하기 어려운 증명)" 등의 예가 제시하는 것처럼 객관적인 사항일 때 사용하고, 'Nachweisung' 은 주관적인, 다시 말해 증명에 필요한 주체의 활동을 가리킬 때 사용하는 어휘이다.

'Vorlage'의 본래 의미는 제시되어야 할 증거 또는 문서인데, 제시되어야 할 행동, 즉 'Vorlegung(제시)'을 머릿속으로 생각하다가도 막상 표현할 기회가 찾아오면 'Vorlage'라는 엉뚱한 단어가 튀어나오는 것이 개량주의자들의 습관이다. 즉 이 같은 두 가지 언어는 'Beilage(부록)'와 'Beilegung(첨부)', 'Grundlage(기초)'와 'Grundlegung(기초 닦기)', 'Einlage(동봉한 물건)'와 'Einlegung(넣기)', 'Versuch(시도)'와 'Versuchung(시험)', 'Eingabe(진정서)'와 'Eingebung(고취)', 'Zurückgabe(환불)'와 'Zurückgegung(변상)'처럼 쌍을 이루는 많은 단어들과 마찬가지로 정확하게 구별해서 사용해야 한다.

그런데 더욱 심각한 것은 이들 싸구려 문필가뿐 아니라 법을 집행하는 재판소마저 'Vorlegung'이라는 올바른 표현 대신 'Vorlage'라는 단어를 보란 듯이 내걸고 있다. 뿐만 아니

137

라 'Vollziehung(집행)', 'Vergleichung(조정)'이라는 표현을 사용해야 할 경우에는 'Vollzug', 'Vergleich'라는 단어를 거리낌없이 사용한다.

대리인을 보내지 말고 본인이 직접 출두하라는 명령을 내릴 경우 'in eigener Person(본인 스스로)'이라고 표현해야 하지만, 'in Selbstperson'이라는 국적이 모호한 표현을 남발한다. 즉 재판소까지 모국어를 문란케 하는 범죄행위에 적극적으로 가담한 것이다. 이런 상황에서 신문기자들이 'Einziehung einer Pension(하숙비 징수)'이라는 올바른 문장 대신, 하숙비를 뜻하는 'Einzug(진입)'라는 단어를 사용해 'Einzug einer Pension(하숙비 입금)'이라고 표현하는 것도 어쩌면 당연한 결과라고 생각된다. 아마도 이 표현이 문법상 적절하다고 생각하는 신문기자들은 'Ziehung einer Lotterie(제비뽑기)'와 'Zug eines Heeres(군대의 행렬)'의 경우처럼 'Ziehung(추첨)'과 'Zug(행렬)'와 같은 기초적인 단어의 구별조차 불가능한 인간들일 것이다.

그런데 믿었던 『하이델베르크 학술연감』마저 '그의 재산을 몰수하다'라는 의미를 표현하기 위해 'Einzug seiner Güter'라는 표현을 아무렇지도 않은 듯 사용하는 시대에 일개 신문기자에게 대체 무엇을 기대할 수 있겠는가.[36] 『하이델베르크 학술연감』이 만일 잘못을 시인한다면, 대학의 강단에서 문법상의 오류가 해명되지 않는 진리인 듯 가르치는 교수들에게 잘못을 떠넘길지도 모르겠다. 그나마 'Absetzung(중단)', 'Ausführung(실행)', 'Empfängnis(임신)'를 'Absatz' 또는 'Ausfuhr'나 'Emphang'으로 쓰지 않는 것은 다행스러운 일이다. 'die Abtretung dieses Hauses(가옥 양도)'처럼 정상적인 표기가 'Abtritt dieses Hauses'와 같은 잘못된 표현보다 더 많이 사용되고 있는 점도 기묘하다. 정상적인 단어를 난도질하는 것이 마치 자신들의 권리인 양 오해하고 있는 개량주의자들은 논리적인 표현을 권위적이라는 이유로 경멸한다.

그런데 여기서 독자들에게 한마디 경고하고 싶은 것이 있다. 대다수의 독자들이 신문 외에는 거의 아무것도 읽지 않는다는 점이다. 때문에 올바른 글쓰기와 문법 및 문체에 대한 교양이 부족할 뿐 아니라 간결한 표현을 위해 모국어를 무차별적으로 난도질하는 이 같은 행위를 묵과하게 되는 것이다. 학식이 부족한 일부 청년들은 신문을 학구적인 권위로까지 생각하고 있다. 그러므로 정부는 신문이 올바른 모국어 사용에 앞

---

36 동사 'ziehen'은 '끌어낸다'는 뜻의 타동사적 의미와 '앞으로 나아간다'는 자동사적 의미, 두 가지로 해석될 수 있으며, 이런 구별이 직접적인 명사형 'Ziehung'과 'Zug', 복합명사 'Einziehung'과 'Einzug'에도 그대로 나타난다.

장설 수 있도록 대책을 마련해야 한다. 이를 위해 검열관을 임명하는 것도 하나의 방법이라고 생각한다. 즉 기사 내용에 대한 검열이 아니라 문법에 대한 검열이다.

만약 어떤 기사가 시중에 유행하는 기형적인 언어나 잘못된 문법을 구사하거나, 전치사를 부정하게 결합시킬 경우 그에 따른 벌금을 부과하는 것이다. 뿐만 아니라 시중에 나온 신간에도 이와 동일한 규제를 적용해야 한다. 예를 들어 엉터리 문필가가 'hinsichlich(⋯⋯에 대해)'라는 표현 대신 'hinsichts'라고 썼을 경우 벌금을 부과하는 식이다.

천재가 아닌 이상, 자신의 지적 궤도를 유지하기 위해 노력해야 한다. 언어를 개선할 수 있는 사람은 타고난 능력을 갖춘 천재뿐이다. 현재 독일어는 법률의 보호를 받지 못한 채 어리석은 인종들로부터 수탈을 당하고 있다. 더러운 분뇨처럼 하잘것없는 물질도 법의 테두리로 감시하는 정부가 정작 민족의 명운을 쥐고 있는 모국어에 대해서는 아무런 관심도 기울이지 않고 있다. 악문을 퍼뜨리는 신문이 지적인 권력을 행사하고 있는 독일의 미래는 참담하기만 하다. 그러나 독일어를 이토록 참담하게 만든 장본인은 신문기자만이 아니다. 단행본이나 학술잡지도 신문과 마찬가지로 자신들의 범죄를 은닉하고 있다. 이들은 특히 접두사와 접미사의 법칙을 마음대로 절단하고 있다.

예를 들면 'Hingebung(헌신)', 'Miβverständnis(오해)', 'Verwandeln(변하다)', 'Verlauf(경과)', 'Vermeiden(피하다)', 'Beratschlagen(협의하다)', 'Beschlüsse(결의)', 'Aufführung(건축)', 'Vergleichung(조정)', 'Auszehrung(소모)' 같은 단어 대신 'Hingabe', 'Miβverstand', 'Wandeln', 'Lauf', 'Meiden', 'Ratschlagen', 'Schlüsse', 'Führung', 'Vergleich', 'Zehrung' 이라고 표현한다. 이런 종류의 어리석은 행동이 독일어를 물들이고 있으며, 이보다 더 악질적인 행위도 얼마든지 발견된다.

게다가 학문의 최고기관인 학술연구소마저 이런 악질적인 유행을 모방하고 있다. 한 예로 1849년 발간된 렙시우스[37]의 저서 『이집트인의 연대계산법』에는 "마네토[38]는 자신의 역사서에 이집트 연대기와 동일한 개요를 'zufügen' 했다"고 기록되어 있다. 여기서 'zufügen' 이라는 단어는 라틴어의

---

37 카를 리하르트 렙시우스(Karl Richard Lepsius, 1810~1884) ; 독일의 이집트학자, 언어학자.
38 마네토(Manetho, ?~?) ; 기원전 3세기 초의 이집트인 신관. 델타 출생으로 마네톤이라고도 한다. 헬리오폴리스 신전의 대사제가 되어 프톨레마이오스 2세를 위해 고대 이집트어 사료에 바탕을 둔 그리스어의 『이집트지』(3권)를 저술하였다. 요셉이나 기독교 연대사가에게 인용된 단편밖에 남아 있지 않으나, 메네스로부터 알렉산드로스 대왕까지를 30왕조로 구분, 고·중·신 왕국으로 3분한 방법은 현재에도 쓰인다. 그러나 그가 전하는 역사연대는 기념비 등의 1차 자료에 의해 정정되는 경우가 많다.

'infligere(상처입히다)'에 해당되는 말이다. 즉 저자는 라틴어의 'addere(덧붙이다)'에 해당하는 'hinzufügen'이라는 말을 사용해야 함에도 'hin'이라는 한 음절을 절약하기 위해 'zufügen'이라고 써버린 것이다.

이처럼 멋대로 음절을 잘라버리는 '불법적인' 방법이 졸렬한 문필가들 사이에 유행처럼 번졌고, 그 결과 독일어는 만신창이가 되었다. 그러므로 이 같은 개량주의자들을 위해 중학생 수준의 문법책이 다시 한번 발간되어야 한다. 그리고 양심이 있는 독일 국민이라면 지금 당장 이 더러운 범죄와 맞서 싸워야 한다. 이처럼 모국어를 문란하게 만드는 행위는 영국이나 프랑스, 이탈리아에서는 도저히 받아들여질 수 없는 독일만의 심각한 사태다.

이탈리아에서는 'academia della crusca'[39]가 이탈리아어를 수호하는 데 앞장서고 있다. 예를 들어 이탈리아 고전총서에 수록된 『벤베누토 첼리니[40]의 생애』를 한번 읽어보자. 이 책의 편찬자는 순수한 토스카나 방언과 조금이라도 다른 표현

---

39 이탈리아 피렌체에 있는 학사원. 'crusca'란 '오래되다'라는 뜻. 여기서는 잘못된 학문적 폐단을 바로잡는 기관이라는 뜻으로 사용되었다.

40 벤베누토 첼리니(Benvenuto Cellini, 1500~1571) ; 이탈리아의 조각가, 금세공가. 미켈란젤로의 제자로, 주로 로마에서 활동했으며 일화에 찬 자서전을 남겼다.

이 발견되면, 즉 알파벳 한 글자만 잘못 사용해도 그냥 지나치지 않았으며, 그때마다 주석란에 비평을 실었다.

1838년 간행된 『프랑스 모랄리스트 총서』의 편집자도 이와 동일한 태도를 취했다. 이를테면 보브나르그[41]가 "ni le dégout est une marque de santé, ni l'appétit est une maladie(식욕부진이 건강을 나타내는 척도는 될 수 없으며, 식욕이 왕성한 것도 질병은 아니다)"라고 표현한 데 대해 'ni……est'가 아니라 'ni……n'est'가 정확한 표현이라고 지적했다. 이에 비해 독일에서는 모두들 자기 의지에 맞게 새로운 모국어를 끊임없이 창출해내고 있다. 뿐만 아니라 보브나르그가 "la difficulté à les connaître(어려운 것은 그것을 아는 일)"라고 표현하자 편찬자는 다시 한번 반론을 가한다. "à les connaître가 아니라 de les connaître가 올바른 표현이다."

또 나는 영국에서도 이와 유사한 예를 발견했다. 어떤 신문의 독자란에 기고된 글이었는데, "어느 정치가가 연설 중에 'my talented friend(나의 유능한 친구)'라고 표현했다. 그런데 이 'talented'라는 형용사는 영어에 존재하지 않는다. 물론

---

41 뤽 드 클라피에르 보브나르그(Luc de Clapiers Vauvenargues, 1715~1747) ; 프랑스의 모랄리스트, 수필가. 라로슈푸코의 페시미즘에 대하여 낙천적인 인간관을 제창했다. 이성보다는 감성을 중시하여 니체의 존경을 받았다. 저서에 『성찰과 잠언』 등이 있다.

'spirit'를 바탕으로 'spirited'라는 형용사가 존재하는 것은 사실이지만, 그렇다고 해서 자기 나라 언어의 형용사적 용법마저 다 외우지 못하는 자가 과연 이 나라를 대표할 수 있겠는가"라는 내용이었다. 다른 국민들은 모국어에 대해 이처럼 엄격한 태도를 취하고 있는데, 독일의 문필가들은 겁도 없이 언어를 멋대로 이어서 문장을 만들고, 신문과 잡지는 이런 황당한 범죄에 연일 찬사를 보내는 촌극이 벌어지고 있다.

독일어는 지금 혁명을 치르고 있다. 모든 동사가 새로운 의미를 부여받고 있다. 그나마 독자가 어떻게든 그 새로운 뜻을 짐작할 수 있으면 다행이지만, 대부분의 경우 작가 자신만이 해독할 수 있는 방향으로 혁명이 진행되고 있다. 게다가 그 추종자들까지 앞장서서 이 같은 혁명을 전국으로 확산시킨다. 이들을 대표하는 특징은 문법과 용법을 파괴하는 결연한 의지, 상식이 결여된 지성, 머리에 스쳐 지나가는 어간을 붙들고 존재하지 않는 단어들을 조합해내는 창의력이다.

얼마 전 'Centro-America'라는 복합명사를 본 적이 있다. 물론 정확한 표현은 'Central-America(중앙아메리카)'다. 'al'을 삭제하고, 대신 발음이 비슷한 'o'를 명기한 것이다. 그럴 바에야 한 글자를 더 줄여 'centr'로 사용하는 편이 낫지 않을까. 짧은 문장이 그토록 중요하기 때문에 'central'이라는 단어가 안고 있는 고유의 의미는 삭제되어도 상관없다는 식이다. 이들은 질서, 규칙, 법칙을 독일어에서 추방하는 데 전력을 기울이고 있다. 이 같은 노력을 일컬어 그들은 '정의'라고 부르는데, 그 정의감 덕분에 언젠가 독일인은 이 세계에서 가장 우매하고, 질서를 증오하는 무리로 전락하게 될 것이다.

문법과 언어감각(2)

미친 듯이 자행되는 모국어 파괴의 풍조는 독일인의 국민성에 그 뿌리를 두고 있다. 그렇기 때문에 확산 속도도 이처럼 빠른 것이다. 마치 사냥을 즐기듯 독일어를 마구 살해하고 있다. 게다가 더 큰 문제는 현재 독일에서 활동 중인 작가 중 후세에 영향을 끼칠 만한 인물이 보이지 않기 때문에 언어파괴는 상당 기간 지속될 것으로 보인다.

멋들어진 수염을 기르고 거만하게 책상에 앉아 독일어를 파괴하는 인종들은 저 헤로스트라토스[42]적인 만행에 도취되어 정신을 못 차리고 있다. 과거에는 상황에 따라 문학상의 위대한 거장들에게 모국어를 개선할 수 있는 특권을 부여했다. 그

---

42 헤로스트라토스(Herostratos) ; 자신의 이름을 후세에 남기기 위해 아르테미스 신전에 불을 지른 그리스인.

러나 이것은 사회구성원의 합의를 통해 이뤄진 개선이었다. 그런데 오늘날에는 문필가, 신문기자, 지방신문 편집자라면 누구를 막론하고 멋대로 언어를 개선할 수 있으며, 마음에 들지 않는 부분을 빼버리거나 신조어로 바꿀 수 있는 자격이 주어졌다.

앞서 설명한 바와 같이 개량주의자들이 보여주는 정열은 주로 어간과 어미의 혼용에 집중되고 있다. 그렇다면 이 같은 절단의 목적은 과연 무엇일까. 아마도 문장의 간결함일 것이다. 그들은 간결한 문장에 의해 자신들의 부족한 사상이 감춰질 수 있다고 믿으며, 표현도 더욱 분명해진다고 생각한다. 그러나 이 같은 절단만으로는 그 양이 적기 때문에 큰 효과가 없다. 그래서 생각해낸 방법이 언어만 줄이는 게 아니라 가뜩이나 부족한 생각까지 더욱 줄여버리는 수법이었다.

그러나 이 같은 방법이야말로 언어를 단축시키는 것과 달리 누구나 쉽게 할 수 있는 일이 아니다. 정확하고 간결한 표현, 충족감에 넘치는 표현을 위해서는 여러 가지 조건이 필요하다. 그중에서도 가장 중요한 조건은 단어의 개념이 변화될 때마다 적절한 문법으로 이를 표시하고, 문법에 의해 달라지는 미묘한 변화까지 독자에게 전달하는 언어구사의 능력이다. 왜냐하면 이런 능력을 갖춘 사람들은 어떤 문장을 만들더라도 독자가 읽는 순간, 모든 내용을 작가의 머릿속에서 진행된 사상의 흐름과 동일하게 독자의 머릿속에 각인시킬 수 있기 때문이다.

이처럼 작가의 사상을 언어를 통해 독자에게 전달하기 위해서는 문장을 구성하는 각각의 단어에 변화를 줄 수 있는 유연성이 선행되어야 하며, 같은 단어일지라도 개념의 차이에 따라 각기 다른 뉘앙스를 정교하고 치밀하게 적용시킬 수 있어야 한다. 그리고 이런 유연한 움직임을 가능하게 하는 것이 접두사와 접미사이다. 이 두 가지는 건반 위에서 활약하는 손가락이며, 기본개념에 계율을 만드는 음표이다.

따라서 그리스인도 로마인도 접두사와 접미사를 통해 동사와 명사에 변화를 주었고, 각기 다른 뉘앙스를 부여했다. 라틴어의 중요한 동사를 임의대로 다뤄볼 때 그 실례를 확인할 수도 있다. 예를 들어 동사 'ponere(두다)'를 다뤄보기로 하자. 'imponere(던져넣다)', 'deponere[챙겨두다(밑에 넣다)]', 'disponere[분배하다(나누다)]', 'exponere[공개하다(바깥에 놓다)]', 'componere[모으다(함께 놓다)]', 'adponere[부가하다(……에 놓다)]', 'subponere(아래쪽에 놓다)', 'superponere[겹치다(위쪽에 놓다)]', 'seponere[분리하다(놓다)]', 'praeponere[……을 선출하다(앞에 놓다)]', 'proponere[제출하다(앞에 놓다)]', 'interponere[삽입하다(사이에 놓다)', 'transponere(건네주다)' 등으로 용도가 다양하게 변용된다.

접두사가 수행하는 이 같은 역할에 대해서는 독일어를 살펴보더라도 충분히 알 수 있다. 예를 들어 명사 'Sicht(봄, 보임)'의 변용으로 'Aussicht(전망)', 'Einsicht(관망, 통찰)', 'Durchsicht(조망)', 'Nachsicht(검사, 교열)', 'Vorsicht(선견)', 'Hinsicht(주시)', 'Absicht(의향)' 등이 있다. 이밖에 동사 'Suchen(찾다, 구하다)'은 'Besuchen(방문하다)', 'Ersuchen(간청하다)', 'Versuchen(시험하다)', 'Heimsuchen(방문하다)', 'Durch-suchen(수색하다)', 'Nachsuchen(찾다)' 등으로 변용된다.

따라서 간결한 문장을 위해 이처럼 중대한 역할을 수행하는 접두사를 제거하고, 방금 살펴본 변용형을 모조리 포기한 채 언제나 'ponere', 'Sicht', 'suchen'이라고만 표현하게 되면 구체적인 의미는 일체 규정하지 않은 채 문장의 구조와 그 의미에 대해 독자의 이해를 강요하는 수밖에 없게 된다. 이것은 언어가 빈곤해졌다는 반증일 뿐 아니라 경직된 야만어로 전락했음을 자인하는 셈이다. 그럼에도 불구하고 우리 시대의 거만한 언어 개량주의자들은 이처럼 단어를 절단하는 것 외에는 할 줄 아는 것이 없다.

지능이 모자란 그들은 자신만의 망상에 사로잡혀 우리의

선조들이 쓸데없는 접두사를 문법에 첨가시켰다고 조롱한다. 그러고는 접두사를 소멸시키는 것이 사명인 양 착각하고 있다. 그러나 실제로 독일어에는 무의미한 접두사가 단 하나도 없다. 접두사를 통해 비로소 단어는 명확해지고, 표현은 명료해지며, 그 의미가 더욱 분명해지는 것이다.

이런 접두사의 기능을 언어에서 제거시키면 하나의 중대한 사태가 초래될 수 있다. 즉 언어의 빈곤화이다. 그뿐만이 아니다. 이 같은 폭력으로 인해 사라지는 것은 단순히 몇 개의 어휘만이 아니라 개념도 소멸하게 된다. 폭력적인 절단에 의해 우리는 철자를 잃고, 철자를 통해 사고하던 우리의 지성까지 마비되어 결국 고유한 개념을 상실하게 되는 것이다. 이밖에도 표현의 힘과 사상의 명료함까지 영원히 소멸될 것이다. 이 같은 절단 및 단축작업을 진행시키면 먼저 어순이 감소되는데, 그에 따라 다른 어휘까지도 정확한 규정을 잃게 되어 모호한 의미를 조장하게 되며, 이 때문에 결국 표현의 간결함까지 잃게 된다.

이런 상황의 구체적인 설명이 필요하다면 앞서 예를 든 'nur(다만 ……뿐)' 라는 단어에 주의해보면 알 수 있다. 앞서 어휘의 단절에 의해 의미가 확대되면 표현이 모호해지고, 문장의 의미를 잘못 짚게 되는 경우가 발생할 수 있음을 지적한 바 있다. 하나의 어휘에 두 가지 음절이 가미되면 개념이 더욱 자세히 규명됨에도 불구하고, 이처럼 중요한 절차가 무단으로 경시되는 풍조가 발생한 원인을 모르겠다. 대체 왜 'Indifferetismus(무관심주의)'라는 정확한 표현을 놔두고, 'Indifferenz(무관심)'라고 표현하는 자들이 생겨나는 것인지 모르겠다.

접두사야말로 표현을 더욱 명확하게 만드는 최선의 수단이며, 문체를 간결하게 만드는 데 필요한 최상의 조건이다. 즉 기본어를 여러 용도로 활용가능하게 만드는 문법이 바로 이 같은 미묘한 음절의 차이인 것이다.

접두사와 마찬가지로 동사에서 파생된 명사의 여러 어미도 이와 비슷한 기능을 하는데, 이에 대해서는 'Versuch(시도)'와 'Versuchung(시험)' 및 그밖의 여러 가지 예를 들어 모두 설명한 내용이다. 그러므로 언어와 개념을 확대시키는 이 같은 문법을 창안한 우리의 선조는 탁월한 지성의 소유자였다고 말할 수 있다. 그런데 이들을 계승한 오늘날의 우리 독일인은 야만스럽고 무지하고 무능한 군상들로서 소중한 모국어를 파손시키고, 고전적 예술의 형식을 그대로 지니고 있는 독일어를 무차별적으로 파괴하는 것이 민족의 사명이라고 생각하기에 이르렀다. 어쩌면 그들처럼 낯가죽이 두꺼운 동물들에게 예술적 수단을 이해시킨다는 것 자체가 오류였는지도 모른다.

그들이 이해할 수 있는 유일한 문법은 자수字數를 헤아리는 것뿐이다. 그들은 두 가지 언어 중, 즉 접두사와 접미사를 통해 개념을 정확히 표현할 수 있는 어휘와 개괄적 의미만 담고 있는 어휘를 선택해야 될 때 항상 후자를 선택한다. 그 이유는 자수가 적기 때문이다. 자수가 적다는 것은 무엇을 의미하는가. 딱딱하게 굳어버린 그들의 머리로 이해할 수 있다는 것을 의미한다. 그들은 모든 단어를 단순화하고 있으며, 이에 큰 만족을 느끼고 있다. 사물에 대한 자신들의 사색만큼이나 단순한 표현을 즐기는 셈이다. 이들 짐승에게 어필할 수 있는 유일한 문법은 오로지 자수를 적게 하는 것뿐이다. 그런데 이 얼마 안 되는 자수에 접두사와 접미사를 덧붙여 만들어지는 어휘의 다양성이야말로 독일어가 갖는 구조적인 아름다움이며 핵심이다.

그러나 이들 뻔뻔스러운 문필가들은 "So etwas ist nicht vorhanden(그런 것은 현존하지 않는다)"이라고 말해야 될 때 자수가 절약된다는 이유만으로 "So etwas ist nicht da"라고 말해버린다.[43] 이들의 원칙은 올바른 표현을 희생시키고, 비슷한

---

43 'ist(있다) …… vorhanden(우리들 앞에)'은 부정법(不定法) 'vorhadensein'의 3인칭 단수현재형. 'ist …… da(그곳에는)'는 'dasein'의 3인칭 단수현재형.

대용품을 찾아 의미를 왜곡시키는 데 있다. 그리고 비슷한 대용품 중 짧은 단어를 우선적으로 선택한다. 이런 원칙에 의해 어휘는 표현력을 잃고, 마침내 무슨 뜻인지 알 수 없는 은어가 만들어진다.

이 같은 상황이 몇 년만 더 지속된다면 독일 국민이 유럽의 다른 국민에게 자랑할 수 있는 유일한 아름다움, 즉 독일어는 말살되고야 말 것이다. 독일어는 그리스어나 라틴어에 뒤지지 않는 훌륭한 문장을 만들어낼 수 있는 언어이다. 독일어를 제외한 현대 유럽어는 대부분 이 두 가지 고전어의 방언에 지나지 않는다. 이에 반해 독일어는 고유한 문법적 특색이 그대로 보존된 고전 언어의 한 갈래이다. 이처럼 고귀한 기풍이 유행과 어리석은 일반인들의 열광에 목말라 있는 몇몇 작가들에 의해 무참히 훼손되고 있는 것이다.

독일어는 솜씨 좋은 장인의 손으로 짠 직물에 비유할 수 있는 언어이다. 그 때문에 정밀한 사상과 유지가 가능한 몇 안 되는 언어로 각광받아왔다. 그러나 이처럼 섬세한 언어적 특징을 이들 후안무치한 동물들이 이해할 리가 없다. 이들 짐승과 같은 인종에게 필요한 것은 원고료에 알맞은 글자의 수이며, 이로부터 우리의 모국어는 파괴의 길을 걷기 시작했다.

자, 보아라. 머리에는 털이 없고, 수염은 길고, 눈은 없어도 안경을 끼고 있으며, 욕망에 주린 입술은 사상을 대신해 담배를 물고 있으며, 나태가 근면을 대신하고, 오만이 지식을 대신하는 무리들이 서로의 뱃속을 위해 손을 맞잡는다.

이것이 소위 자율적 교육의 성과이다. 무책임한 방임을 통해 자라난 세대들이 이 같은 언어의 개악을 시도하며, 이를 '현대적인 풍조'라고 소리 높여 외친다. 나는 이런 풍조에 대해 여러 가지 실례를 들어 비판해왔는데, 이번에는 '구두법'을 논하고자 한다. 사악한 독사의 이빨이 구두법을 피해가지 못하는 것은 어쩌면 당연한 일이다. 가장 큰 문제는 이들 어리석은 일당이 구두법을 'légèreté(경쾌함)'라는 단어처럼 사용하고 있다는 점이다. 그들은 쉼표가 숨을 들이마시라는 뜻이며, 마침표는 사상이 끝나는 시점을 의미한다고 생각한다. 요즘에는 인쇄소까지 이런 경향에 뛰어들어 실제 원고에 없는 구두점을 멋대로 찍어대기에 이르렀다. 구두점을 마치 거지에게 적선하듯 마구 뿌려대는 것이다.

실제로 최근 발행된 신간서적에 등장하는 구두점의 60퍼센트 이상이 불필요한 의미로 사용되었다. 게다가 마침표를 찍어야 할 곳에 쉼표를 찍거나 세미콜론을 찍는 경우도 적지 않았다. 문제는 이 같은 무책임한 행위에 대한 직접적인 피해자가 독자라는 사실이다. 이런 문장일수록 여러 번 읽지 않으면 사실상 이해가 불가능하다. 원래 구두법이란 문장의 단락을 짓기 위해 사용하는 비상수단이다. 구두법도 단어처럼 문장의 일부인 것이다.

위대한 작가들의 책을 읽다 보면 구두법에도 일정한 논리가 담겨져 있음을 깨닫는다. 따라서 페이지를 늘리거나 문장을 함축시키기 위해 구두점을 남발하는 것은 불법적인 행위이며, 어휘의 축약 못지않게 독일어를 병들게 하는 원인이다. 그러나 요즘에는 문헌학자들마저 고전의 개정판을 발행하면서 원문에는 존재하지도 않는 구두점을 멋대로 찍어대고 있으며, 그로 인해 고전의 맛을 구역질나게 만드는 데 한몫 거들고 있는 지경이다. 이런 풍조가 성서에까지 그 영향을 미치고 있어, 혹시라도 구두법에 의해 계시록의 예언이 다르게 전달되지는 않을지 염려스럽다.

만약 문장을 간결하게 만들려는 목적이 독자의 시간을 절약하기 위한 방법이었다면 자수를 계산하는 것은 올바른 행동이 아니다. 충분한 어휘를 구사한 후 구두법을 통해 문장과 문장의 간극을 메울 때 독자의 이해를 돕고 싶다는 그들의 목적이 달성될 것이다. 프랑스어의 경우 구두법과 상관없이 언어의 배열이 매우 논리적으로 유지되며, 문장이 짧게 정리될 수 있다. 영어는 문법이 매우 빈곤해 복잡한 문장을 만들 수 없다는 단점이 있다. 따라서 구두법 자체가 거의 활용가치가 없다. 그러나 원시언어에 가까운 독일어의 경우 구두법을 소홀히 해서는 안 된다. 독일어는 구두법을 통해 복잡한 문장구조가 정리되며, 기교적인 복합문장의 사용이 가능해지기 때문이다. 이처럼 구두법이 중요한 문법적 특성인 언어는 독일어 외에도 그리스어, 라틴어 등이 있다.

풍요로운 사상과 문체의 탄생

다시 주제로 돌아가서 간결한 문체와 우아한 문체에 대해 생각해보도록 하자. 앞서 여러 차례 언급했듯이 문체는 풍요로운 사상과 그 주제에 의해 자연스레 태어나게 마련이다. 즉 간결한 표현을 위해 어구를 아무리 절단한다고 해도 사상이 풍요로워질 수는 없으며, 작가가 기대하는 도움도 받을 수 없다. 내용이 풍부한 사상, 쓸 만한 가치가 충분한 사상이라면, 이를 구체화하는 데 필요한 소재는 어디서든지 찾을 수 있다. 그러므로 이런 사상을 완벽하게 표현하기 위해서는 먼저 문법과 어구의 세부적인 면에 이르기까지 세심한 주의를 기울여야 하며, 이를 통해 완벽한 복합문장을 만들어야 한다. 그렇지 않은 경우 내용은 정리되지 않고, 자신도 모르게 글을 절단하게 되는 것이다.

　시중에 유행하는 절단된 글로는 사상의 진보를 기대할 수 없다. 그들이 내세우는 간결한 문체는 그들이 자랑하는 사상만큼이나 빈곤해 보일 뿐이다. 지금이라도 단어를 줄이거나 문장의 형태를 축소시키는[44] 잘못된 방법을 버리고, 우선 사상을 풍부하게 하는 데 힘써야 할 것이다. 환자가 예전에 입던 옷이 몸에 맞지 않는다고 해서 줄여버린다면, 육신이 다시 건강해진 후 또다시 옷을 골라야 하는 번거로움을 겪게 된다. 글도 이와 마찬가지이다.

---

[44] 예컨대 조동사 'haben', 'sein' 과 과거분사를 결합한 완료형을 하나의 미완료과거의 동사로 표현하려는 시도는 비난받아 마땅하다.

객관적인 표현과 문장력

문학이 타락하고 고전어가 무시당하는 오늘날, 문체의 혼란
은 당연해 보인다. 문체상의 결점은 이제 작가로서 자격미달
이 아닌, 자랑이 되어버렸다. 그러나 이런 풍조가 유행하는 곳
은 오직 독일뿐이다. 이 결점의 성격은 지극히 '주관적'이다.
주관적이라는 의미는 어떤 문장이 담고 있는 뜻을 오직 문장
을 만들어낸 작가만이 이해할 수 있고, 또 작가만이 만족할 수
있다는 의미이다. 이들은 자신의 글에 대해 독자 스스로 방법
을 터득해 이해하라고 종용한다. 즉 혼잣말로 떠들듯 독자를
무시하고 글을 쓴다.

그러나 붓을 잡은 이상, 독자와 대화하는 식으로 글을 써
야 마땅하다. 비록 대화에 비유했지만, 나의 말에 대답해줄 사
람이 없다고 이쪽에서 일방적으로 이야기하는 식이 되어서는
안 된다. 오히려 더욱 명확하게 표현해야 할 의무가 있다. 그

러므로 주관적인 문체를 피하고, 되도록 객관적인 표현을 지향해야 한다. 이를 위해서는 무엇보다도 독자를 작가가 원하는 방향으로 이끌 수 있는 문장, 즉 작가의 사상을 독자의 머릿속으로 고스란히 옮길 수 있는 문장력부터 길러야 한다.

이런 문장력을 기르기 위해서는 사상도 중력의 법칙을 따른다는 점부터 명심해야 한다. 사상을 머리로 생각하고 종이에 쓰기는 쉽지만, 종이에 쓰인 것을 머리로 옮기기는 무척 어렵다. 이 같은 문제를 해결하려면 자신이 갖고 있는 모든 수단에 도움을 요청해야 할 것이다. 이런 법칙에 의해 만들어진 문장은 화가의 손에 의해 완성된 한 장의 유화처럼 독자의 머릿속에서 객관적으로 작용하게 된다. 이와 달리 주관적인 방법에 의해 만들어진 문체는 벽에 붙은 얼룩처럼 보는 각도에 따라 그 형상이 모호해진다. 아무리 얼룩일지라도 상상력이 풍부한 사람은 얼룩이 추구하는 형상을 확인할 수 있을 테지만, 대부분의 사람들은 단지 얼룩을 확인하는 데 그친다.

표현은 이처럼 주관적인 작용과 객관적인 작용으로 분리되는데, 재미있는 사실은 동일한 표현에서 두 가지 작용이 모두 가능한 경우도 많다는 점이다. 예를 들어 내가 읽은 어떤 신간에는 다음과 같은 문장이 있었다. "요즘 들어 형편없는 책들이 엄청난 분량으로 쏟아지고 있는데, 이를 더욱 증가시키기 위해 내가 이 책을 집필한 것은 아니다." 나는 이 문장을 읽고, 작가가 밝힌 주관적인 의도와 달리 형편없는 책의 수를 더욱 늘리기 위해 작가가 글을 쓴 것이라고 생각했다.

모국어의 죽음(1)

아무런 생각 없이 글을 쓰는 행위는 자신의 사상에 아무런 가치가 없음을 시인하는 것과 같다. 자신의 사상이 중요한 진리를 내포하고 있다는 확신이 든다면, 감격스런 마음이 자연스럽게 솟구칠 것이다. 이런 감정은 보통 신전이나 귀중한 예술품, 금·은 등으로 만들어진 진귀한 도자기를 감상할 때 느낄 수 있는 기쁨이다.

자신의 글을 통해 이런 감격을 누리기 위해서는 먼저 명확한 표현이 선행되어야 하며, 마지막 페이지까지 목적과 끈기를 유지할 수 있는 인내가 필요하다.

자신의 사상이 영원한 생명으로 거듭나기 위해서는 'klassiker'[45]라는 존칭으로 불리는 고인들의 작품경향에 세심한 주

---

45 그리스·로마의 고전시인과 문학자를 가리키는 말.

의를 기울여보는 것도 좋은 방법이다. 예를 들어 플라톤[46]은 일곱 번이나 개작해서 간신히 『국가』를 완성했다고 한다. 반면에 독일인은 조금만 힘에 부쳐도 자포자기의 표정으로 이상한 복장을 하고 거리를 쏘다니는 민족이다. 이렇듯 내면의 고통을 외부로 표출하는 것이 독일인의 국민성이다.

그러나 문장에서까지 이 같은 국민성을 표출한다는 것은 독자에 대한 모욕이며, 타인의 명예에 대한 훼손이다. 이런 경우 독자도 당연히 돈을 주고 이따위 책을 읽어야 할 필요가 없다는 생각을 갖게 된다. 그런데 한 가지 재미있는 현상은 이런 책들이 항상 비평가들의 손에 의해 우리 시대의 고전으로 추앙받는다는 점이다. 그 이유는 다름 아닌 원고료 때문이다. 마치 판사가 잠옷과 슬리퍼 차림에 피고 앞에서 판결문을 읽는 광경과 비슷하다. 이에 비해 영국이나 프랑스의 비평가들은 아무런 이해관계에 얽매이지 않고 평론을 발표하고 있다. 내 말이 믿어지지 않는다면 영국과 프랑스의 평론을 대표하는 『에든버러 리뷰』와 『주르날 데 사방』이라는 평론잡지를 읽어

---

46 플라톤(Platon, 기원전 427?~기원전 347?) ; 고대 그리스의 철학자. 소크라테스에게 배우고 아테네 교외에 학교를 세우고 아카데메이아학파를 창설했다. 선(善)의 실현이 곧 인간의 목적이며 이를 위해 정치 형태로는 철인(哲人)에 의한 이상적 정치가 최선이라고 했다. 저서로는 『소크라테스의 변명』, 『향연』, 『국가』 등 30여 편의 대화편이 있다.

보기 바란다.

　자신의 추잡한 내면처럼 더러운 옷을 입은 인간과 거리에서 이야기를 나누고 싶어하는 사람은 없다. 마찬가지로 독자의 명예를 고려하지 않은 추잡한 악문과 접하게 되었을 때 우리는 과감히 그 책을 던져버려야 한다.

　100년 전까지만 해도 유럽의 학자들은 라틴어로 글을 썼다. 특히 독일에서는 이 같은 경향이 더욱 심각했다. 누구나 알다시피 라틴어는 우리의 언어가 아니다. 따라서 문법이나 철자가 조금 틀렸다고 해서 크게 불명예스러운 일은 아니었을 것이다. 그러나 당시 독일의 학자들은 완벽한 라틴어를 쓰기 위해 진지한 노력을 거듭했다. 그렇다면 오늘날 라틴어라는 족쇄에서 해방된 독일의 현실은 어떠한가. 과연 이 시대를 살아가는 학자들은 100년 전의 선배 학자들처럼 우리의 모국어를 진지하게 연구하고, 완벽하게 표현하기 위해 노력하고 있는가.

　프랑스, 영국, 이탈리아 학자들은 오늘날까지도 이 같은 노력을 계속하고 있다. 그런데 유독 독일에서만큼은 정반대의 길이 횡행하고 있다. 이들은 너무 성급하게 모국어의 진보에 대해 결론을 내려버렸다. 그 결과 문체도 사라지고, 문법과 논리도 설자리를 잃고 말았다. 현재완료와 과거완료는 미완료과

거로 통일되었고, 소유격은 어느새 탈격으로 이름이 바뀌었
다. 수많은 전치사가 목숨을 잃었고, 이제 단 하나의 전치사,
즉 'für' 만이 외롭게 살아남았다.

모국어의 죽음(2)

모국어를 황폐화시키는 구체적인 예로 'Weib' 대신 'Frau'를 사용하는 경향에 대해 설명하고 싶다. 이처럼 잘못된 용법이 더욱 늘어나는 추세인데, 그때마다 암울한 독일어의 미래에 절망감이 느껴진다. 'Frau'는 라틴어의 'uxor(아내)'이며, 'Weib'는 'mulier(여자)'에 해당하는 단어이다. [따라서 'Mädchen(처녀)'은 'Frau'가 아니라 앞으로 'Frau'가 될 여성을 뜻한다.] 13세기에도 현재와 같은 혼동이 있었으며, 훨씬 나중에서야 이두 가지 명칭이 구별되었다. 여성이 여자로 불리기를 싫어하는 이유는 이스라엘인이 유대인으로 불리기를 꺼려하는 것과, 또 재단사가 바느질집 주인으로 불리기를 꺼려하는 것과 비슷한 심리이다. 아무리 작은 고물상의 주인이더라도 간판만큼은 '상회'를 선호하는 것도 같은 심리이다. 지식인들이 농담을 굳이 유머라고 표현하는 것도 이와 비슷한 심리에서 비롯되는 현상이다.

단어는 순수한 의미뿐 아니라 사회적인 평가가 더해졌을 때 비로소 완전한 효용을 갖추게 된다. 비록 단어의 철자에는 그것이 표현하고자 하는 어떤 사물에 대한 결정요소가 아무것 도 포함되지 않지만, 사회구성원 간의 암묵적인 합의에 따라 일반적인 의미를 갖는 언어로서 통용되는 것이다. 따라서 세월이 지나면 사회구성원 간의 합의가 변화될 가능성이 있으므로 언제든 그 의미가 뒤바뀔 수 있다.

그러나 독일인처럼 표현의 형식 때문에 'Weib'라는 단어를 삭제하는 것은 바람직하지 못하다. 단 한마디라도 존재하는 모국어를 삭제하는 것은 한 명의 동족을 살해하는 것과 같은 범죄이다. 그러므로 경박한 학자들이 모국어를 멋대로 재단하는 행위에 대해 동족 살인에 해당하는 징계를 가하는 것이 마땅하다.

작가의 의식구조

미리 설계도를 완성한 후 이 설계도에 따라 세부적인 부분까지 완벽하게 실현시키는 건축가가 드물듯이 한 권의 책을 일관된 사상과 정신구조로 써나가는 작가도 드물다.

대다수의 작가들은 도미노 놀이를 즐기듯 글을 쓴다. 도미노를 나란히 세워놓는 것처럼 절반은 의식적으로 쓰고, 나머지 절반은 그 의식에 지배당하는 우연에 의해 글을 쓴다. 따라서 전체적으로 어떤 형태의 문장이 되는지, 또는 어떤 결말로 도출되는지 작가 자신이 전혀 알지 못한다.

그런데 더욱 놀라운 사실은 실제로 많은 저술가들이 자신의 의식구조에서 벌어지는 이 같은 현상을 깨닫지 못하고 있다는 점이다. 더구나 오늘날의 생활은 그 템포가 과거에 비해 상당히 빠르게 돌아가기 때문에 문학이 요구하는 정서적 안정과 회상에 어려움이 많다.

덕분에 우리의 작가들은 극단적으로 무의미한 작품들만 쏟아내면서도 이것이 대체 왜 잘못인지를 전혀 깨닫지 못하고 있다.

올바른 글쓰기_작가의 양심

인간은 한 번에 한 가지만 생각할 수 있는 동물이다. 글을 쓰기 전에 먼저 이 사실을 명심해야 할 것이다. 그러므로 두서너 가지를 동시에 생각하는 것은 자신에게 무리한 요구를 주장하는 것과 마찬가지다. 그런데 독자에게 이 같은 무리한 요구를 하는 저술가들이 있다. 그들은 지나치게 세분화된 문장과 복잡하게 얽힌 사상을 삽입문처럼 첨가시킴으로써 독자를 혼란스럽게 만든다. 오늘날 유명하다는 작가 중에 이런 유치한 방법을 쓰지 않는 부류는 거의 없을 정도이다.

독일어는 다른 유럽어에 비해 이같이 불합리한 행위를 유포시키는 데 적격이라고 생각된다. 그렇기 때문에 독일의 저술가들이 이토록 멋대로 행동하는 이유가 독일어에 있다고 주장해도 특별히 반박할 만한 변명이 없다. 그러나 그렇다고 해서 이런 행위가 명예롭다고는 말할 수 없다. 프랑스어로 쓴 산문은 무척 기분 좋게 읽어나갈 수 있는데, 그 이유는 프랑스어가 이 같은 잘못을 결코 용납할 수 없게끔 만들어져 있기 때문이다. 프랑스인은 논리적인 질서, 그중에서도 자연의 기본적인 질서를 숭앙하며, 자신이 생각하는 내용들을 하나씩 나열해갈 수 있는 특별한 민족이다. 다시 말해 독자가 생각하기 쉽도록 작가가 자신의 사상을 조금씩 확산시키는 것이다. 이런 방법을 통해 독자는 저자가 원하는 대로 저자의 사상에 관심을 집중할 수 있게 된다.

독일의 경우 이와 반대로 몇 가지 쓸데없는 생각을 추가해 가뜩이나 난해한 문장을 더욱 복잡하게 뒤얽는다. 독일의 작가가 성격이 급해서인지, 아니면 독자의 수준이 그만큼 높다고 생각해서인지 평균적으로 한 가지 주제가 아니라 대여섯 개의 주장을 한꺼번에 쏟아버린다. 이 같은 행위는 독자의 주의력을 어지럽히는 그릇된 요구이다. 주의력이 한계가 있는 상황에서 세 가지, 또는 네 가지의 다른 내용들을 여과 없이 독자에게 쏟아붓는 것은 일종의 폭력이다. 이 때문에 딱딱하고 어색한 현대의 독일식 문체가 탄생하게 되었으며, 극히 사소한 주장에도 지나칠 정도로 복잡한 표현이나 기교가 필요하게 되는 것이다.

내가 생각할 때 독일인의 국민성은 아둔함이다. 행동, 언어, 대화, 이해하는 방식과 생각하는 수단 등 모두가 아둔함의 극치를 이루고 있다. 그중에서도 오늘날 널리 통용되는 문체야말로 독일 국민이 보여주는 아둔함의 대표 격이며, 장황하고 복잡하게 늘어진 문장에서 나는 독일 국민의 참담한 내일을 목격한다. 간혹 이들이 쓴 글을 읽게 되면 5분 정도는 뭐가 뭔지 알 수 없는 글귀들을 참을성 있게 받아들여야 결말 부분에 이르러서 마침내 수수께끼를 풀게 된다.

어쨌든 이런 문장이 독일인들을 만족시키고 있다. 때문에 문체는 날이 갈수록 위엄과 엄숙한 풍모에 젖어들고 있으며, 독자는 점점 바보가 되어간다. 독일식 문체에 흠뻑 빠진 문장가들은 되도록 모호하고 불확실한 표현을 만들어내는 데 열심이며, 그로 인해 무수한 글들이 안개 속에서 헤어나오지 못한 채 독자의 정신세계를 혼미하게 만들고 있다. 아마도 그들은 이런 식으로 글을 써야만 독자로부터 항의가 들어와도 변명할 방도가 있다는 계산을 하고 있는지도 모른다. 또는 거만하게 사람들을 내려다보며, 위대한 사상가처럼 군림하고 싶었는지도 모른다.

어쨌든 독일인의 아둔함이 이 같은 특징을 갖춘 문장의 탄생에 결정적인 역할을 한 것은 틀림없는 사실이다. 유럽인들이 독일에서 출간된 책을 번역하지 않는 이유는 바로 이 같은 독일인의 아둔함 때문이다. 독일인을 제외한 다른 민족들은 거짓된 지식의 파편을 용납하지 않는다. 이를 찬양하는 것은 오직 독일인뿐이다.

독일어 악문의 역사는 참으로 오랜 세월 동안 지속되었다. 그중 현재까지 그 수명의 끈을 놓지 않고 있는 문장은 처음과 끝을 종잡을 수 없는 삽입문이다. 이런 종류의 문장을 제대로 이해하려면 무엇보다 기억력이 탁월해야 한다. 문장을 이해하는 데 필요한 것은 판단력과 지성임에도 오늘날 독일의 문장은 예외적으로 기억력만 요구한다. 그 이유는 우선 삽입문이 별다른 의미가 없이 길게 늘어져 있기 때문이다. 이도 저도 아닌 어중간한 단어들이 끝도 없이 펼쳐지기 때문에 독자들은 기억의 끈을 단 한 번이라도 놓치면 처음부터 다시 읽어야만 한다. 마치 찢어진 편지의 남겨진 조각처럼 독자의 기억이 유일한 암호가 되어 말도 안 되는 문장을 해독하게 되는 것이다. 따라서 독자들은 마지막 페이지를 덮을 때까지 기억에 의지하는 수밖에 없다. 다행히 마지막 페이지에 도달하면 아주 간단하고 명료한 결말이 나와 있기 때문에 이 책이 대체 무엇을 말하고 싶었는지 곧 알 수 있게 될 것이다. 독자는 작가가 원하는 주제를 획득할 때까지 암기를 강요받는 셈이다. 이는 분명 독자의 인내력을 시험하는 저자의 월권이다.

그렇다면 독일의 작가들은 왜 그토록 복잡한 삽입체를 편애하는 것일까. 그 이유는 누구나 쉽게 알 수 있는 사상을 심오한 지성으로 보이게 하고 싶어서이다. 즉 독자들의 존경을 받고 싶어서이다. 그러므로 지금까지 예를 든 여러 가지 기교는 본능적으로, 또는 무의식적으로 작가의 그릇된 욕망이 숨어 있다. 그들은 이런 기교를 통해 자신의 정서적 빈약함을 은폐한 후 독자에게 정반대되는 인상을 심고자 노력하는 것이다.

두 가지 다른 생각을 두 도막의 나무토막처럼 십자가 형태로 짜맞추는 것은 독자의 상식을 무시한 행위다. 그렇다면 이 같은 십자가는 대체 어떻게 만들어지는가. 처음 주장하던 내용을 잠시 중단하고, 그 사이에 전혀 다른 의미를 담고 있는 문장을 삽입한 후 다시 첫 문장의 말미와 중간에 끼어든 문장의 시작을 그럴듯하게 매듭지으면 간단하게 독자를 속일 수 있다. 그리고 마치 아무 일도 없었다는 듯이 독자에게 십자가를 건네는 것이다. 이는 식당에서 손님에게 빈 접시를 내미는 것과 같다. 손님은 접시 위에 어떤 요리가 담겨져 있길 기대하며 식당을 방문했다. 삽입문은 원래 하단의 주석처럼 텍스트를 설명하기 위해 사용되었다. 데모스테네스[47]와 키케로[48]도 이런 삽입문이 포함된 복합문장을 간혹 사용했는데, 대문호로서 이렇게 하지 않는 편이 더 좋았을 것이라고 생각된다.

유기적인 연결이 결여된 삽입문을 쐐기를 박듯 끼워 넣고, 한 줄로 충분한 문장을 수십 개로 쪼개버리는 것은 악취미 중에서도 타인을 가장 불쾌하게 만드는 악습이다. 예를 들어 줄지어 선 사람들 속으로 새치기를 하는 것과 같다. 오히려 독자를 무시하는 이 같은 분열적인 문장이야말로 가장 무례한 행위이다. 최근 수년 동안 값비싼 붓으로 난잡한 글만 발표해 온 악질적인 산문 문필가, 즉 눈앞에 얼씬거리는 빵을 붙잡기 위해 원고지를 메워나가는 자들은 한결같이 무례함의 극치에 도달해 있다. 이들 산문 문필가가 이처럼 삽입문에 열광하는 까닭은 게으른 탓이 아니라 일반 독자보다 더욱 어리석은 인종이기 때문이다. 게다가 그들은 자신들의 이런 어리석음이 문장에 생기를 부여하는 일종의 자랑스러운 '수법'이라고 확신한다.

---

47 데모스테네스(Demosthenes, 기원전 384~기원전 322) ; 고대 그리스의 정치가, 웅변가. 정계로 진출하여 반(反)마케도니아 운동의 선두에 서서 힘과 정열을 다한 의회연설로 조국이 떨쳐 일어날 것을 촉구했다. 그의 이름으로 전해지는 61편의 연설 중 『필리포스 탄핵』 제1~제3편 을 비롯한 정치연설이 특히 유명하다. 처음에는 이소크라테스의 영향으로 조화되고 세련된 문체를 사용했으나 점차 중후하고 압도하는 문체로 바뀌었다. 알렉산드로스 대왕 사후 다시 반(反)마케도니아 운동을 전개하다가 실패, 마케도니아에 의해 사형을 선고받자 도주하여 음독자살했다.

48 마르쿠스 툴리우스 키케로(Marcus Tullius Cicero, 기원전 106~기원전 43) ; 로마의 정치가, 철학자, 웅변가, 저술가. 다재다능함과 뛰어난 웅변술로 정계에 기반을 갖고 있었으나 제3차 삼두정치 수립 이후에 안토니우스와 대립하다 추방당한 뒤 살해되었다. 풍부한 그리스적 교양으로 철학, 수사학, 변론술에 관한 많은 논술을 남겼다.

분석적인 판단

논리학에서는 훌륭한 문장을 쓰기 위해 분석적인 판단이 선행되어야 한다고 간주한다. 그러나 분석적인 판단은 저자를 어리석게 비추는 광대의 의상에 불과하다. 어떤 개념에 이미 포함되어 있는 속성을 일부러 끄집어내 그것을 개체로 삼을 경우, 그 같은 어리석음은 눈에 더욱 잘 띄게 된다. 예를 들어 한 마리 소가 뿔을 가지고 있다든가, 그 의사는 병자를 고치는 직업에 종사하고 있다는 표현은 얼마나 어색한가. 따라서 분석판단은 설명이나 정의가 필요한 경우에만 사용해야 한다.

비유의 기능

비유 또는 직유(Gleichnis)는 미지의 상태를 기지旣知의 상태로 환원시킬 때 큰 가치를 갖는 표현법이다. 직유가 더욱 구체적으로 발전하면 우유(寓喩, Parabel)나 우의(寓意, Allegorie)가 되는데, 이는 이해하기 어려운 상태를 가장 평이하게, 그리고 간결하게 직관한 후 표현하려는 시도이다. 어떤 사물에 대해 그것이 무엇인가를 파악하기 위해서는 우선 비유로부터 출발해야 한다. 그 이유는 여러 가지 사물의 공통적인 부분을 선택한 후 공통적이지 않은 부분을 삭제함으로써 개념이 점차 확정되는 것이 바로 비유의 기능이기 때문이다. 또한 어떤 종류의 이해를 막론하고 '이해'란 결국 어떤 상태를 파악하는 것이다.

그러나 어떤 상태가 이질적인 여러 가지 형식이라든가 사물 등에 동일한 현상으로 나타날 수 있다는 사실을 깨닫게 되면 우리는 그만큼 명백하게, 더욱 순수하게 상태의 진실을 파악하게 된다.

즉 어떤 상태로부터 이해되는 하나의 형식은 보편적인 의미를 가질 수 없는 것이다. 이는 작가나 독자의 주관이 개입될 수 없는 직관적인 지식에 불과하기 때문이다. 그러나 두 가지 이질적인 형식을 통해 동일한 상태를 파악하는 활동은 어떤 상태에 대한 '개념'을 갖게 되고, 따라서 더욱 주관적인 지식과 완전한 지혜로 발전하게 된다.

비유는 이처럼 지식을 얻는 데 필요한 강력한 무기이다. 그렇기 때문에 적절한 비유야말로 작가의 능력을 발휘하는 가장 완벽한 기회이기도 하다. 아리스토텔레스[49]는 이렇게 말했다. "교묘한 비유를 생각해내는 것이야말로 인간의 가장 위대한 지성이다. 인간은 타인에게 비유를 배울 수 없으며, 비유는 오직 자기 자신이 천재라는 사실을 입증하기 위해 활동할 뿐이다. 왜냐하면 누구도 예상치 못한 비유를 창조해내는 능력이 모든 인간에게 주어진 것은 아니기 때문이다." 이밖에도 그가 남긴 다음과 같은 말을 통해 비유의 진정한 의미를 깨달

---

49 아리스토텔레스(Aristoteles, 기원전 384~기원전 322) ; 고대 그리스의 대철학자. 알렉산드로스의 스승이며 소요학파의 창시자이다. 철학 외에 인문, 자연과학의 여러 분야에 업적을 남겨 '만학의 아버지'로 불린다. 저서에 『오르가논』, 『형이상학』, 『정치학』, 『시학』 등이 있다.

게 된다. "상반되는 성질의 사물에서 공통점을 발견하는 것이 철학의 목적이라면, 그 같은 공통점을 발견하는 눈은 바로 비유이다."

언어와 문법의 창조와 파괴

인류가 어디에서 시작되었는지는 정확히 알 수 없지만, 한 가지 분명한 사실은 훌륭한 예술작품의 토대가 되는 인간의 언어와 문법을 창조해낸 사람들, 즉 품사를 만들고, 명사와 형용사, 대명사의 성질과 격, 동사의 시칭과 화법을 최초로 구별한 사람들이야말로 진정 위대한 사람들이었다. 그들의 문법에 의해 동사의 시칭은 미완료과거, 현재완료, 과거완료로 정밀하게 구별될 수 있었다. 그리스어에서는 부정과거가 가미되어 시칭의 구별을 더욱 세분화하고 있다. 어쨌든 이 같은 문법의 발단은 인간의 사상을 완벽하게 표현하기 위한 실질적인 수단, 즉 적절하고 충분한 도구를 갖추기 위한 인간의 의지에서 비롯되었다고 할 수 있을 것이다.

이처럼 인류의 정신적인 조상들은 사색의 미묘한 뉘앙스까지도 정확하게 표현할 수 있는 방법을 추구했다. 그런데 이에 비해 이 아름다운 유산을 물려받은 현대의 독일인들은 과연 어떤가. 우매하고 아둔한 신문기자들, 한 조각 빵에 목숨을 담보하는 문필가조합의 구성원들이 보여주는 행위는 과연 어떤가. 그들은 지면을 절약하기 위해 조상들이 남겨놓은 세밀한 문법적 구별을 무용지물로 만들고 있다. 그중에서도 대표적인 만행은 과거시칭을 모조리 미완료과거의 틀에 얽어맨 후 오직 미완료과거로 지나간 세월을 정의하고 있는 점이다.

그들의 눈에는 문법의 형식을 완성한 인류의 조상은 완전한 백치이며, 저능한 인종에 지나지 않는다. 그들은 모든 시제를 일률적으로 취급하기 위해 미완료과거만을 유일한 보편적 과거로서 모든 현상에 대용하고 있는데, 이것이 유일한 문법적 완성이라고 착각하는 것 같다. 그리스인은 일반적인 세 가지 과거에도 만족하지 못하고 두 가지 부정과거不定過去[50]를 사용하고 있으므로, 그들의 눈에는 이야기가 통하지 않는 어리석은 야만인으로 비칠 게 틀림없다.

더 나아가 그들은 여러 가지 접두사를 잘라내는 데 열심이다. 이것도 그들이 보기엔 무용지물이기 때문이다. 이 같은 단축과 절단 때문에 불구가 된 모국어를 쓰며 자라난 젊은이

---

50 그리스어의 부정과거, 즉 'aorist'에는 제1, 제2의 구별이 존재한다.

들은 한 발 더 나아가 'nur(다만 ……뿐)', 'wenn(……그렇다면)', 'um(…… 때문에)', 'zwar(과연(……이지만)', 'und(그리고)' 같은 논리적 불변동사마저 지면을 절약하기 위해 문장에서 삭제하고 있다. 문장의 성격을 결정짓는 불변화사를 제거한 문장이 독자를 암흑 속으로 인도하고 있는 것이다. 그럼에도 불구하고 이를 환영하는 저술가가 상당히 많다. 이들은 이해하기 힘든 문장이야말로 자신들의 지성에 바쳐진 훈장이라고 생각하기 때문이다. 그들은 이런 식으로 독자의 존경심을 끌어내고 있다.

요컨대 이들 개량주의자들은 한 음절을 얻기 위해 모국어를 파괴하는 폭행을 일삼으며, 문법이나 어휘를 엉망으로 만들어버리는 데 아무런 가책을 느끼지 않는다. 남과 다른 개성을 표출하고자 음절을 잘라내는 것은 기본이고, 온갖 잔꾀를 통해 새로운 문법과 어휘를 창조해내고 있다. 그들은 이런 방법으로 간결한 문체가 완성된다고 믿는다. 그러나 이는 어디까지나 망상일 뿐이다. 표현의 간결함은 음절을 말살하는 것과 아무런 관계가 없으며, 특별한 능력에 의해서만 완성될 수 있다. 문제는 그들이 이 같은 어리석은 시도에 대해 사회적으로 비난받은 적이 없고, 오히려 어리석은 당나귀 무리들의 추종을 받고 있다는 점이다. 이런 상황에서 독일어 개선 운동이 세상의 환영을 받는 이유에 대해 굳이 설명할 필요성도 느끼지 못하겠다.

언어는 일종의 예술품이므로 객관적인 규칙으로 다뤄야 마땅하다. 언어로 표현되는 모든 작품은 일정한 규칙을 따라야 하며, 그 의도에 부합해야 한다. 어떤 문장이든 독자를 위한 진지한 배려가 시도되어야 하며, 객관적인 설명이 부가되도록 노력해야 한다. 언어는 객관이다. 따라서 작가가 멋대로 표현하고, 읽는 독자가 그 의미를 적당히 추측해내도록 요구하는 것은 만행이다. 격을 무시하고, 과거를 모두 미완료 과거로 표현하고, 접두사를 생략하는 저술가는 분명 주관주의자다.

동사의 시칭과 화법, 명사, 형용사의 격을 고안하고 구별한 우리의 선조들과 현재 활동 중인 가련한 저술가들의 차이는 그런 점에서 너무나 명백하다. 그들은 선조가 이룩한 문법상의 구별을 모두 버리고 싶어한다. 모호한 표현으로 만족하고, 자신에게 알맞은 호텐토트어語[51]를 모국어로 보존하고 싶어한다. 이것이 바로 현대를 대표하는 매문업자賣文業者의 정

---

51 호텐토트어(Hottentot語) ; 남아프리카공화국 북부 나미비아와 앙고라의 일부에 분포하는 언어. 흡착음 음운이 특색이다. 가장 유력한 방언의 하나인 나마어(Nama語)로 총칭하는 경우도 있다.

체이다. 나는 우리가 살아가는 시기가 문학사적으로 정신의 완전한 파산을 특징으로 삼는 시대로 규정될 것이라고 확신한다.

신문기자로부터 시작된 언어파괴는 학자들의 환영을 받아 모방되었고, 그 모방은 그들의 학술논문과 저서를 통해 끊임없이 반복되었다. 적어도 학자라면 풍조에 반항하는 구체적인 시범을 보이고, 참된 독일어를 수호해야 마땅함에도 누구 한 사람 매문업자들의 글을 제지하려는 용기를 드러내지 못하고 있다. 나는 지금껏 이런 매문업자에게 순수한 학구적 열망으로 저항하는 학자를 보지 못했다. 현재 독일에서 문필계의 천민들에게 학대받는 모국어에 구원의 손길을 뻗치려는 학자는 단 한 사람도 존재하지 않는다. 뿐만 아니라 그들은 양떼처럼 순진하게 어리석은 목자의 뒤를 따르고 있다.

학자의 이 같은 태도는 독일의 국민성에서 유래한다. 독일인처럼 스스로 판단하고, 자신의 판단으로 사태를 '결정'하는 행위를 이토록 증오하는 백성은 없다. 생활과 문학이 항상 이런 기회를 제공하고 있음에도 독일인은 온순한 양떼처럼 풀만 뜯고 있다. 독일인에겐 분노가 없다. 멍청한 비둘기처럼 먹이를 던져주는 손길에 감사의 눈물만 흘린다. 그러나 분노가 결여된 자에겐 지성도 결여되어 있다는 점을 명심해야 할 것이다. 지성은 반드시 어떤 종류의 '예리함'을 요구한다. 예리한 감각은 생활에서도, 예술과 문학에서도 비난과 모멸을 불러일으키기 위해 항상 손을 맞잡는다. 이런 살아 있는 감정이야말로 어리석은 모방을 제지하는 유일한 방법이다.

쇼펜하우어의 문장 노트

: 쓰기 위해 쓰는 것은 자신을 기만하는 행위이다

: 글쓰기의 3가지 유형

　생각하지 않고 글쓰는 유형 | 쓰기 위해 생각하는 유형 | 쓰기 전에 모든

　사색을 끝내는 유형

: 남의 글을 표절하는 행위는 일종의 강탈이며 범죄행위이다.

: 제목은 간결하고 함축적인 것이 좋다.

: 참신한 소재와 형식은 글의 가치를 더욱 빛나게 한다.

: 대화에 가치를 부여하는 것은 화제가 아니라 대화를 이끌어가는 형식적

　인 능력이다.

: 풍자는 대수처럼 일정치 않은 가치에 대한 조작이다.

: 인간의 존엄인 생명까지 풍자의 손길이 미쳐서는 안 된다.

: 위대한 작가는 오직 자신의 길만을 걷는다.

: 익명과 가명의 글쓰기는 진실을 은폐하는 것과 같다.

: 잘못된 인용과 멋대로 고치는 문장은 위조화폐와도 같다.

: 문체는 정신의 표정이고 인격의 개성이다.

: 작가의 고유한 문체는 소박한 정신과 순수한 신념으로 구축되는 건축물

　과 같다.

: 허황한 글쓰기는 조잡한 연극과 같다.

: 장황한 단어들의 나열은 독자의 눈을 어지럽게 한다.

: 엉터리 글쓰기에도 문법, 논리, 수사라는 3가지 기본 형태를 필요로 한다.

: 누구나 쉽게 이해하는 글쓰기처럼 어려운 일은 없다.

: 소박한 기풍과 정직한 글쓰기야말로 글쓴이에 대한 가장 훌륭한 찬사이다.

: 읽기 쉽고 정확한 문체를 위해서는 주장하고 싶은 사상을 소유해야 한다.

: 자연스럽지 못하고 모호한 표현, 지나치게 격식을 차리는 문장, 군더더기가 많은 글쓰기처럼 나쁜 것은 없다.

: 간결한 문체와 적확한 표현은 좋은 글쓰기의 첫걸음이다.

: 무분별한 외래어의 남용은 글쓴이의 정신적 빈곤을 감추기 위함이다.

: 문체는 머릿속의 사상을 명료화하기 위한 노력의 결과이다.

: 쓸데없는 사족(蛇足)은 문체와 문장의 명료함을 흐리게 한다.

: 한꺼번에 모든 것을 다 쓰려고 애쓰지 말라. 문체의 핵심과 중요한 부분을 언급하라.

: 그릇된 언어 선택은 지성을 마비시키고 고유한 개념을 잃게 한다.

: 간결하고 우아한 문체는 풍요로운 사상에서 태어난다.

: 적절한 비유는 작가의 능력을 발휘하는 가장 완벽한 기회이다.

: 어떤 사물을 파악하기 위해서는 적절한 비유가 필수적이다.

: 적절한 비유야말로 인간의 가장 위대한 지성이다. (아리스토텔레스)

: 상반되는 성질의 사물에서 공통점을 발견하는 것이 철학의 목적이라면, 그 같은 공통점을 발견하는 눈은 바로 비유이다.

: 언어는 일종의 예술이므로 객관적인 규칙으로 다루어야 한다.

: 지성은 '예리함'이며, 예리한 감각은 예술과 문학에서 살아 있는 감정으로 통한다.

독서 ; 생각하며 읽기

올바르게 읽는 책은 독자의 몫으로 남는다

무지無知와 쾌락

무지는 부富와 결부되었을 때 비로소 인간의 품위를 떨어뜨린다. 빈곤은 갖지 못한 자를 속박하고, 직업은 지식을 대신해 그의 사고를 점령한다. 무지한 부자는 다만 쾌락에 의해 살아남고, 가축에 가까운 생활을 영위한다. 이 같은 예는 매일 볼 수 있다. 그러나 부자에 대한 비난은 이것으로 끝나지 않는다. 그들은 돈과 시간을 강압적으로 점거한 채 자신도 쓰지 않고, 타인에게도 양보하지 않는다. 단지 자신에게 이런 소중한 가치가 넘쳐난다는 사실에 만족할 뿐이다.

생각하는 독서

독서는 타인에게 자신의 생각을 떠넘기는 행위이다. 책을 읽는 동안 우리는 타인이 밟았던 생각의 과정을 더듬는 데 지나지 않는다. 글씨 쓰기 연습을 하는 학생이 선생이 연필로 그려준 선을 붓으로 따라가는 것과 비슷하다. 때문에 독서는 사물을 고찰하는 데 필요한 고통이 수반되지 않는다. 스스로 사색하는 작업을 중지하고, 독서로 정신의 자리를 옮길 때 우리의 마음이 평안해지는 것은 이 같은 고통이 사라졌기 때문이다.

그러나 독서만으로는 작가가 어떤 사상에 도달하기까지 힘들게 수고했던 운동량을 소화할 수 없다. 그 때문에 거의 하루 종일 독서로 시간을 보내는 근면한 사람일수록 조금씩 스스로 생각하는 힘을 잃게 된다. 항상 탈 것에 의존하면 마침내 걸어다니는 힘을 잃어버리는 현상과 비슷하다. 그런데 이

것이야말로 대다수 학자들의 실상이다. 그들은 지나친 다독의 결과 바보가 된 인간들이다. 틈만 있으면 책을 손에 드는 생활을 반복하다가 결국 정신은 불구가 되었고, 고유한 사색은 폐기처분되었다.

머리 대신 손이 필요한 막노동에 종사하더라도 학자처럼 정신적인 환자는 되지 않는다. 육신의 노동은 우리에게 생각의 기회를 주기 때문이다. 용수철에 어떤 물체를 올려놓고 계속 압력을 가하면 마침내 탄력을 잃듯이 정신도 타인의 사상에 의해 항상 억눌리다 보면 결국 탄력을 잃고 만다. 음식을 지나치게 많이 먹으면 위장이 병든다. 마찬가지로 정신적인 음식을 너무 많이 섭취하게 되면 영양 과잉에 의해 질식할 수 있다.

많이 읽을수록 책의 내용은 정신에 흔적을 남기지 않고 사라진다. 즉 우리의 정신은 칠판과 같다. 그러므로 반복적으로 쏟아지는 내용을 저장한다는 것은 불가능하다. 그러나 정해진 양만큼 알맞게 읽은 책은 분명 독자의 것으로 남는다. 음식은 종류가 아니라 소화시킬 수 있는 능력에 의해 양분이 될 수도 있고, 병의 원인이 될 수도 있다. 따라서 항상 읽기만 하고, 읽은 내용을 생각하지 않으면 대부분 잊어버리게 된다. 정신적인 음식물일지라도 보통 음식과 다른 점은 없으며, 섭취한 양 중 50분의 1 정도만 영양분으로 남는다. 나머지는 증발 작용 및 호흡과 그밖의 활동을 통해 사라져버린다.

독서의 첫 번째 특징은 모래에 남겨진 발자국과 같다는 점이다. 즉 발자국은 보이지만, 그 발자국의 주인이 과연 이 길에서 무엇을 보고, 무엇을 생각했는지는 알 수 없다. 그러므로 중요한 것은 발자국을 따라가는 것이 아니라 주변에 무엇이 보이는가를 확인하는 일이다.

올바른 독서의 기능

저술가의 재능으로 다음과 같은 몇 가지 사항을 들 수 있다. 설득력, 비교할 수 있는 눈, 대담하고 분방한 정신, 신랄한 풍자, 간결한 문체, 우아한 분위기, 경쾌하게 표현할 수 있는 묘사력, 소재를 선별하는 기지, 문제를 대조하는 시야와 수완 및 순수한 사명감 등이다. 만약 작가가 자신의 저서를 통해 이 같은 재능을 모조리 발휘할 경우, 오히려 독자는 책에서 아무 것도 얻을 수 없다. 그러나 이 같은 재능을 단순한 '가능성'으로 열어놓았을 때 우리는 독서를 통해 무의식적으로 작가의 진정한 능력을 깨닫게 된다. 독서에 의해 작가의 이 같은 재능을 사용하고 싶다는 용기가 독자의 마음속에서 꿈틀대는 것이다. 그리고 책에 기술된 내용들이 구체적인 예로서 독자의 판단에 영향을 미치게 된다. 이렇게 했을 때만이 비로소 독자는 저서의 내용을 실제로, 다시 말해 '현실적으로' 소유했다고 느끼게 된다.

따라서 독서를 통해 글쓰는 방법을 배우기 위해서는 이처럼 자발적인 활동이 필요한 것이다. 독서는 우리가 구사할 수 있는 천부적인 재능을 촉진시킨다. 그리고 이 같은 독서의 가르침은 타고난 능력과 노력에 의해 의미를 갖는다. 이런 재능이 결여되어 있다면 독서에 의해 우리는 단지 모방자로 키워지게 될 뿐이다.

눈과 활자의 크기

국민의 건강관리를 담당하는 정부는 눈을 보호하기 위해서라도 출판업자들을 관리해야 한다. 즉 활자의 작은 글씨에 일정한 한도를 책정하고, 위반자를 처벌해야 한다.

도서관의 서가

지층은 태고의 생물을 분리해서 보존하는 역할을 담당하고 있다. 도서관의 서가도 순서를 갖춰 과거의 잘못된 학설을 분리, 보존하고 있다. 이렇게 보존되고 있는 학설도 태고의 생물처럼 과거에는 매우 활발하게 인간의 정신세계에 영향을 미쳐왔다. 그러나 현재는 경직되고 화석화되어 문헌학자라는 얼마 안 되는 고생물학자들에게만 영향을 미치고 있다.

두꺼운 도서목록

헤로도토스[52]에 따르면 페르시아의 왕 크세르크세스[53]는 구름 같은 대군을 바라보면서 눈물을 흘렸다고 한다. 100년 후에는 이들 병사 중 누구 한 사람 생존할 자가 없다는 사실에 삶의 허망함을 느꼈기 때문이다. 나 역시 가끔 두꺼운 도서목록을 바라보면서 울고 싶은 충동을 느끼곤 한다.

---

52 헤로도토스(Herodotos, 기원전 484?~기원전 425?) ; 고대 그리스의 역사가. 흑해 북안, 이집트, 바빌론 등을 여행하며 견문을 넓히고 페르시아 전쟁을 중심으로 동방 제국의 역사, 전설 및 그리스 여러 도시의 역사를 서술하여 '역사의 아버지'로 불린다. 그의 저서 『역사』는 그리스 산문사상 최초의 걸작으로 평가된다.

53 크세르크세스(Xerxes, 기원전 519?~기원전 465) ; 아케메네스 왕조의 페르시아 왕. 다리우스 1세의 아들이다. 기원전 480년에 그리스에 원정하여 살라미스 해전에서 패하여 귀국한 뒤 부하에게 살해되었다.

고전古典과 악서惡書

문학도 일상생활과 마찬가지다. 어디를 둘러봐도 쓸모없는 인간쓰레기들을 만나게 된다. 그들은 도처에서 무리를 지어 살고 있으며, 아무에게나 정신을 의지하고, 손에 닿는 모든 것을 더럽힌다. 한마디로 여름철의 파리떼 같은 인종이다. 그렇기 때문에 이토록 많은 악서들이 탄생하게 되었으며, 무성한 잡초처럼 문학계를 혼잡하게 만들고 있다.

잡초는 보리의 양분을 빨아먹고, 보리를 말라 죽게 하는 원인이다. 마찬가지로 악서는 독자의 돈과 시간과 인내력을 고갈시키는 주범이다. 독자의 귀중한 사적 재산은 고귀한 목적을 위해 쓰인 양서에게 바쳐져야 함에도 불구하고, 금전을 목적으로, 또는 관직을 바라는 열망으로 쓰인 악서가 독자의 눈과 귀를 어둡게 만드는 데 앞장서고 있다. 따라서 악서는 단순히 무용지물일 뿐 아니라 해독을 끼치는 병균과 같다. 현재 출간된 저작들은 대부분 독자의 주머니에서 돈을 빼앗으려는 목적밖엔 없고, 저자와 출판업자와 비평가는 이 같은 목적을 위해 손을 맞잡았다.

오늘날의 문필가, 즉 빵을 구입할 목적으로 글을 쓰는 집필자들이 교양을 몰락시키기 위해 기도한 모반은 어느 정도 성공한 것으로 보인다. 그들은 소위 '상류사회'를 향해 그물을 던졌고, 또 원하는 바를 거두었다. 그 비결은 '시대에 뒤떨어지지 않는 독서'를 유행시킨 데 있다. 다시 말해 가장 최근에 출간된 책을 읽는 것이 지성인의 유일한 과제인 양 분위기를 조성한 것이다.

그러나 이로 인해 일반 독자의 지적 능력은 비참한 수준으로 전락했다. 자신의 저속한 머리에는 아랑곳하지 않고 오직 돈을 벌기 위해 글을 쓰는 작가, 다시 말해 쓸어버리고 싶을 만큼 수많은 작가들의 신간을 일반 대중은 적절한 시기에 지속적으로 읽어야만 문화에 뒤떨어지지 않는 상류층이 될 수 있다고 생각한다. 그 대신 역사를 위대하게 수놓은 천재들의 작품은 뒷전으로 밀려나고 있다.

따라서 책을 읽을 때 유념해야 할 점은 읽지 않고도 그 내용을 충분히 파악할 수 있는 능력을 기르는 기술이다. 이 같은 기술을 습득하기 위해서는 먼저 사람들이 경쟁적으로 구입하는 책에 휩쓸리지 않는 눈을 길러야 한다. 이를테면 상당한 반향을 일으킨 연애소설, 증보에 증보를 거듭하는 정치 팸플릿, 종교선전용 팸플릿, 시 등을 되도록 읽지 않아야 한다. 이런 출판물의 수명은 길어야 1년이다.

우리는 바보들이나 좋아할 법한 책들이 더 많이 팔린다는 사실에 주의하며, 위대한 고전 작품만 선택해 읽는 습관을 반복적으로 연습해야 한다. 그들 작품의 특징에 대해 굳이 논할 필요는 없다. 고전은 누구에게나 필요한 작품이다. 이런 작품만이 우리를 계발시킬 수 있다. 악서는 정신의 독약이며, 정신을 파멸로 몰아간다.

양서를 읽기 위한 조건은 악서를 읽지 않는 데 있다. 인생은 짧고, 시간과 체력에는 한계가 있다.

고전을 읽어라

과거의 위대한 작가들에 대한 평론이 꾸준히 간행되고 있다. 이들이 활동한 분야는 매우 다양한데, 일반 독자들은 대부분 이들에 대한 평론은 읽어도 그들이 남긴 위대한 작품은 읽지 않는다. 그 이유는 최근 발간된 평론이 더 유용하다고 생각하기 때문이다. 그들은 천박한 평론가들이 지껄이는 헛된 말들이 위대한 천재가 남긴 작품보다 더 가까운 곳에 있다는 이유만으로 천재의 작품보다는 평론가들의 질 낮은 신간을 선택한다.

다행히 나는 청년시절에 슐레겔[54]의 아름다운 경구를 만

---

54 아우구스트 빌헬름 폰 슐레겔(August Wilhelm von Schlegel, 1767~1845) ; 독일의 평론가. 독일 낭만파의 이론적 지도자로 낭만주의 세계관 및 예술론의 기초를 닦았다. 동생과 함께 잡지 『아테네움』을 중심으로 활동했다. 셰익스피어 작품을 독일어로 번역한 것은 큰 공적으로 꼽힌다.

나게 되었고, 이후 슐레겔의 문장을 본받기 위해 노력했다. 슐레겔의 문장 중에서도 내가 가장 좋아하는 문구는 "고전을 읽어라. 지금 사람들이 고전에 대해 이야기하는 것은 아무런 의미가 없다"이다. 오늘날 우리에게 가장 필요한 교훈 중 하나라고 생각한다.

대중은 말 그대로 동일한 성격과 수준의 집합체이다. 어쩌면 대중은 똑같은 형틀에 부어진 쇳물처럼 동일한 형상일 수밖에 없는지도 모른다. 그들 대부분은 비슷한 시기에 비슷한 사상을 주기적으로 습득한다. 그들이야말로 속물의 주머니를 채워주는 장본인이기에 더욱 안타깝기만 하다. 그들은 최근에 출간된 신간에 무작정 달려든다. 마치 신간을 읽지 않으면 이 사회에서 도태된다고 생각하는 것 같다. 그리고 정작 읽어야 할 고전은 책장 한구석에 처박아버린다.

독일 대중의 어리석음은 이미 심각한 수준에 이르렀다. 각각의 시대, 각각의 나라에는 고귀한 천분天分에 의해 태어난 천재들이 있다. 그런데 독자들은 천재들이 남긴 저서는 거들떠보지도 않고 매일같이 출간되는 저속한 책들, 여름만 되면 무차별적으로 발생하는 파리떼처럼 무수하게 늘어나는 졸작에 열광한다. 그 이유는 신간이 새롭게 인쇄되어 잉크 냄새가 아직 가시지 않았기 때문이다. 이런 졸작은 모두 2~3년 후에 쓰레기로 전락하며, 사람들의 비웃음을 사게 된다.

사람들은 지나간 시절에 탄생한 고전은 볼 생각을 하지 않고, 항상 최근에 발표된 책만 읽는다. 그 때문에 생계를 걱정할 수밖에 없는 작가들은 유행이라는 좁은 울타리에 갇히게 되고, 시대는 스스로 만든 흙탕물 속에 더 깊이 매몰되어간다.

진정한 문학과 거짓 문학

문학은 진정한 문학과 거짓된 문학으로 나뉜다. 진정한 문학은 '영원히 지속되는 문학'이다. 진정한 문학은 '학문을 위해', 또는 '시를 위해' 살아가는 사람들에 의해 일궈지며, 조용한 발걸음으로 엄숙하게 주어진 길을 걷는다. 그러나 이들의 걸음은 매우 느린 편이라 1세기 동안 한 다스의 작품도 만들어내지 못하는 경우가 수두룩하다. 그 대신 이들의 작품은 영원히 '지속'된다.

거짓된 문학은 학문, 또는 시에 '의해' 살아가는 사람들의 손에서 만들어진다.

이들은 길거리에서 큰소리로 외쳐댄다. 이런 작품이 매년 수천 개씩 시장에 쏟아진다. 그러나 2~3년 후 사람들은 이렇게 묻는다.

도대체 그 작품들은 어디로 사라졌는가. 그렇게 많은 사람들의 사랑을 받았는데, 대체 그 이름은 어디로 사라졌는가. 그러므로 진정한 문학을 정지된 문학이라고 부른다면, 거짓된 문학은 정처없이 흘러가는 문학이라고 부를 수 있다.

올바른 책의 선택

책을 구입하는 것은 좋은 행위다. 그러나 우리는 책을 구입하는 행위와 그 내용을 파악하는 행위를 혼동하는 경우가 많다.

읽은 내용을 기억하고자 노력하는 것은 먹은 음식을 소화시키는 위장의 활동과 동일하다. 먹은 음식이 소화되어 에너지를 만들어야만 인간이 살 수 있듯이 독서를 통해 내용을 기억해야만 정신적으로 살아갈 수 있다. 그러나 입에 맞는 음식이 구미를 자극하고 많이 먹히는 것처럼 '흥미를 끄는' 소재, 바꿔 말하면 자신의 사상체계 및 목적에 부합하는 내용이 담긴 책을 선택하는 안목도 중요하다. 목적은 누구나 가질 수 있다. 그러나 사상의 체계는 튼튼한 위장을 타고난 사람이 적은 것처럼 매우 드물게 나타난다. 이런 사람들은 책의 내용을 따지지 않는다. 그러므로 책의 내용을 그대로 받아들이는 법이 없다.

"반복은 연구의 어머니다"라는 말이 있듯이 중요한 책일수록 두 번, 세 번 반복해서 읽는 습관이 필요하다. 왜냐하면 첫 번째보다는 두 번째가, 두 번째보다는 세 번째가 더 많은 내용을 정확히 기억할 수 있기 때문이다. 비록 어떤 결론인지 알고 있더라도 그 발단까지 이해하기 위해서는 반복적으로 책의 전문全文을 읽어야 한다. 특히 처음 읽었을 때와 두 번째로 읽었을 때, 사상의 체계에 이미 변화가 생겼기 때문에 책의 내용이 다르게 느껴질 수도 있다.

'작품'에는 저자의 정신적인 '본질'이 담겨 있다. 따라서 작품은 저자의 일상생활과 비교할 수 없을 만큼 풍요로운 내용을 담고 있다. 게다가 작품은 일상생활에서 겪게 되는 사건과 상관없이 진행되므로 아무리 추악한 인생을 살아온 인물일지라도 그가 남긴 작품의 세계만큼은 그 어느 것과도 비교할 수 없을 정도로 아름다울 수 있다. 간혹 일반인이 쓴 책에서 가치와 재미, 유익한 정보를 발견하는 이유가 바로 여기에 있다. 책은 이처럼 사색의 결과이자, 연구의 성과로 맺힌 열매이다. 따라서 그의 실제 생활과는 상당한 괴리가 있다. 즉 그가 살아온 인생에 동의하지 못하는 경우에도 그가 쓴 저서에서는 충분한 만족을 느낄 수 있는 것이다. 정신적인 교양이 높을수록 관심은 저자가 아닌 저서에 기울어지게 마련이다.

정신을 위한 청량제로서 그리스·로마 시대의 고전을 읽는 것보다 더 좋은 경험은 없다. 예를 들어 하루에 단 30분이라도 고전의 대가들이 남긴 작품을 읽는다면 얼마 안 가 정신의 진보를 느끼게 될 것이다. 반시간이나마 그들이 남긴 예술을 접하게 되면 인생은 더욱 풍요로워지며, 생활에 지친 감정도 날카롭게 일어선다. 나그네가 차가운 샘물로 목을 축이는 것과 마찬가지의 효과를 기대할 수 있다. 이를 가능케 하는 첫 번째 조건은 우선 고전어가 완전무결한 언어이기 때문이다. 그리고 두 번째 조건은 수천 년의 세월을 견뎌낼 만큼 완벽한 사상을 만들어낸 작가의 위대한 정신이다.

그러나 안타깝게도 이처럼 중요한 고전이 곧 사라지게 될지도 모른다는 불길한 예감이 든다. 현재 그 위험은 눈앞에 당도했다. 언젠가는 야만적인 졸작들이 고전을 대신하게 될 것이다. 앞서 여러 차례 언급했듯이 독일어는 고전어의 훌륭한 장점이 간직된 언어이다. 이런 독일어가 산문 문필가의 조직적인 파괴 공작으로 말미암아 불구가 되었고, 끝내 비천한 야만어로 타락하고 말았다.

이 세계에는 '두 개의 역사'가 공존한다. 바로 '정치사'와 '문학' 및 예술의 역사이다. 첫 번째 역사는 '의지'가 만들어낸 역사이며, 두 번째 역사는 '지성'이 만들어낸 역사이다. 따라서 정치는 인간에게 불안과 공포를 체험하게 한다. 인간의 정치사는 불안, 빈곤, 사기, 살육으로 점철되어왔다. 이에 비해 문학사는 고독한 지자知者처럼 깊은 공기로 충만해 있다. 이 같은 문학사의 가장 중요한 페이지는 바로 철학의 역사이다. 철학사는 본래 문학의 시작으로서 아직까지 그 메아리를 그치지 않고 있다. 즉 문학의 가장 강력한 동지로서 인류의 정신세계를 인도해왔다. 따라서 세계를 지배하는 권력은 정치가 아니라 철학이었다. 인류의 철학이야말로 이 세계를 지배하는 진정한 힘이었던 것이다. 그런데 지금 이 순간에도 그 철학이 죽어가고 있다.

영원한 생명_진리

정치사를 나누는 기준은 50년이다. 정치는 그만큼 자주 변동하기 때문이다. 정치는 50년을 주기로 무엇인가 중요한 사건이 발생한다.

이에 비해 문학사는 시간이라는 개념에 구속받지 않는다. 문학사에서 50년은 그리 긴 시간이 아니다. 그러므로 문학의 세계에서 50년 전과 지금이 아무런 변화가 없더라도 이상할 이유가 없다.

이런 사실을 입증하는 증거로서 인류의 진보를 혹성의 궤도에 비교하는 방법이 있다. 인류는 눈부신 진보를 수행한 후 얼마 안 되어 정해진 것처럼 미로에 빠져버린다.

이 같은 미로는 프톨레마이오스[55]가 주장한 이른바 주전원(周轉圓, epicycle)[56]의 이치로 설명할 수 있다. 인류는 결국 어느 쪽에서 출발하더라도 달리기를 시작한 원래 지점에 도달할 수밖에 없다. 그런 의미에서 위대한 천재들의 활동은 단지 인류를 궤도상 조금 앞으로 내달리게 만든 데 불과하다.

따라서 인류는 지금까지 반복되는 주전원의 원리에 지배당해온 셈이다. 그러나 그 와중에도 천재들 자신은 결코 주전원에 귀속되지 않는다. 후세에 명성을 남긴 대부분의 천재들은 동시대 사람들에게 환영받지 못하는 쓰라린 경험을 했다. 반대로 현세에서 환영받는 자들은 대부분 후세에 기억되지 못했다.

이 같은 주전원의 진리를 증명하는 대표적인 사례는 피히테에게서 시작되어 셸링이 이어받고, 마지막으로 헤겔이 완성한 관념론이다. 철학의 정기적인 궤도를 연장시킨 장본인은 칸트[57]였지만, 그의 철학은 이미 주전원의 궤도에서 떨어져나갔다. 나는 칸트에서 중단된 이 궤도를 다시 한번 연장하려고

---

55 클라우디오스 프톨레마이오스(Claudios Ptolemaios, ?~?) ; 2세기 중엽 그리스의 천문학자, 지리학자. 그의 저서 『알마게스트』에서 지구는 둥글고 우주의 중심에 정지하고 있으며, 태양·달·별들이 타원 궤도로 지구 주위를 돌고 있다는 천동설을 주장했다.

56 주전원(epicycle) ; 140년경 그리스의 천문학자 프톨레마이오스가 천구상에서 행성들의 역행과 순행을 설명하기 위해 제창한 행성의 운동궤도. 혹성은 독자적으로 작은 원운동을 반복하는 동시에 지구를 중심으로 하는 궤도를 돈다. 이때 혹성이 독자적으로 반복하는 원운동을 주전원이라고 부른다.

57 이마누엘 칸트(Immanuel Kant, 1724~1804) ; 독일의 철학자. 종래의 사변철학과 경험론을 통합하여 인식 능력의 비판을 근본 정신으로 하는 비판철학을 확립한 근세 철학의 시조이다. 저서에 『순수이성비판』, 『실천이상비판』, 『판단력비판』 등이 있다.

시도했다. 그러나 칸트와 나의 중간에 해당되는 피히테, 셸링, 헤겔 같은 사이비 철학자에 의해 주전원의 원리가 완성되어버렸다. 여기서 그들과 함께 달린 일반 독자들은 이 끝없는 원운동의 출발선상에 자신들이 서 있다는 처참한 사실을 곧 깨닫게 될 것이다.

학문과 문학, 예술의 시대정신이 약 30년을 주기로 파산선고를 받는 이유도 주전원과 관련이 깊다. 30년이 지나면 그 기간을 지배한 그릇된 견해와 사악한 해설이 더 이상 견디지 못하고 붕괴된다. 동시에 반대세력도 이 같은 견해에 30년간 반대한 덕분에 상당한 세력으로 성장했다. 이런 과정을 거쳐 급기야 형세가 일변한다. 그러나 때로는 계속적인 반대학설마저 그릇된 견해인 경우가 있다. 이 주기적인 회귀운동을 기술한 것이 바로 문학사이다.

그러나 실제 문학사들은 그 과정을 그다지 문제삼지 않았다. 그리고 그 기간이 비교적 짧았기 때문에 시대를 거슬러 올라갈수록 소재도 한정되는 것이 보통이었다. 만일 이런 현상의 실례를 경험과학에서 찾으려는 문학사가가 존재한다면, 지질학자 베르너가 주창한 암석 수성설岩石水成說을 살펴보는 것이 좋겠다. 그러나 그보다 나는 당면한 사례를 통해 생각해보고자 한다.

독일의 철학사에서 칸트의 빛나는 시대를 이어받은 장본인은 칸트와 아무런 인연도 없는 시대였다. 지금까지 독일에서 철학자는 사람들을 설득하는 대신, 존경받고자 노력했다. 그들은 사색을 버리고 미사여구와 과대한 표현을 추구했다. 그때마다 이들이 주장하는 사상은 더욱 모호해졌다. 뿐만 아니라 독일의 철학자들은 진리를 추구하는 대신 음모의 길로 달려나갔다. 그 때문에 철학은 지속적으로 소멸했고, 마침내 선조들이 발굴한 학설과 방법은 모조리 파멸되었다. 다시 말해 이 같은 범죄의 주범인 헤겔과 그의 제자들이 멋대로 써내려 간 자화자찬식의 글 때문에 독일의 철학이 회복 불가능한 질병에 걸린 것이다.

그들의 연극은 도가 너무 지나쳤기 때문에 마침내 자신들이 허풍쟁이에 불과했다는 사실이 밝혀지고 말았는데, 이밖에도 몇 가지 허풍이 더 발각되어 이들은 당국의 보호를 잃고 말았다. 그 후 피히테와 셸링의 철학은 철학사상 그 유례를 찾아볼 수 없는 사이비 철학의 선구자로 기억되었으며, 후계자로 인해 한줌의 신용마저 실추되고 말았다. 그러므로 칸트에 이은 19세기 독일철학의 무능은 현재 일반적인 사실로 인식되고 있다.

그럼에도 불구하고 독일인은 자신들이 철학적인 국민이

라고 생각한다. 예전에 영국의 어떤 작가가 독일인은 사상가적인 민족이라고 묘사한 후 이 같은 경향이 더욱 심화되었다. 그런데 실상은 악의적으로 독일인을 폄훼하기 위해 이렇게 표현한 것이었다.

앞서 살펴본 주전원의 일반적인 예증을 예술사에서 찾아본다면, 조각가 베르니니[58]와 그의 추종세력을 살펴보면 된다. 이 유파는 18세기까지 프랑스 예술을 완전히 지배했는데, 고전적인 아름다움과는 상당한 거리가 있었다. 그들이 만들어낸 아름다움은 통속적인 저질에 지나지 않았고, 단정하기는 했지만 프랑스적인 싸구려 미뉴에트처럼 단순한 기질을 나타냈다. 결국 빙켈만[59]의 주창으로 고전으로 복귀하려는 운동이 일어나자 이 유파는 사라지고 말았다.

19세기 초반에는 회화에서 주전원적인 실례가 나타났다. 당시 중세적인 신앙심을 표현하기 위해 예술을 활용하자는 운동이 힘을 얻게 되어 회화의 소재가 교회적인 것에 머물던 때

---

58 조반니 로렌초 베르니니(Giovanni Lorenzo Bernini, 1598~1680) ; 이탈리아의 조각가, 건축가. 교황 우르바누스 8세의 총애를 받아 성 베드로 성당 조영에 참가했다. 만년에 프랑스 루이 14세의 부름을 받아 루브르 궁 개조 계획에도 참가했다.

59 요한 요아힘 빙켈만(Johann Joachim Winckelmann, 1717~1768) ; 독일의 미술사가. 과학적 방법으로 고대의 유물을 연구했으며, 미술사학의 방법론을 확립했다. 저서에 『고대미술사』 등이 있다.

가 있었다.

그러나 정작 이들에겐 중세적인 신앙의 엄숙함이 결여되어 있었다. 그럼에도 불구하고 이들은 망상을 버리지 못한 채 프란체스코 프란치아[60], 페루지노[61], 조반니 데 피에솔레[62] 같은 중세 화가들을 추종했다. 게다가 오늘날 진정한 대가로 추앙받는 동시대의 예술가들보다 더 큰 명예를 누렸다.

이처럼 정상적인 궤도에서 일탈한 운동을 괴테는 묵인할 수 없었다. 특히 시에서 이와 유사한 운동이 세력을 확장시키고 있었기 때문에 그는 우화시 「승려들의 놀이(Pfaffenspiel)」를 통해 이들을 비판했다. 이 유파도 그 후 망상에 사로잡혀 있었음이 드러나 결국 사라졌고, 그 뒤를 이어 자연으로 되돌아가려는 운동이 시작되었다.

---

60 프란체스코 프란치아(Francesco Francia, 1450~1517) ; 이탈리아의 화가. 처음에는 주금(鑄金)을 했으나 L.코스타의 감화로 회화를 시작했고, 곧 재능을 발휘하여 볼로냐파의 대표적 화가가 되었다. 초기의 대표작 〈6인의 성자와 기증자가 있는 왕좌의 성모〉, 〈장미 울타리의 성모〉 등에 묘사된 얼굴에서 그의 특성을 볼 수 있다. 볼로냐의 산타체칠리아의 벽화 〈성 체칠리아의 결혼〉 등이 대표작이며, 만년의 〈두 성자가 있는 성모〉가 가장 특징적인 작품이다.

61 페루지노(Perugino, 1450?~1523) ; 이탈리아의 화가. 처음에 피에로 델라 프란체스카에게 배우고 이어 피렌체에서 베로키오를 사사했다. 명쾌한 화면 구성과 세련된 색채미, 배경으로 쓰인 풍경의 아름다운 묘사로 정평이 났다. 라파엘로 스승이다. 대표작에 〈베드로에게 열쇠를 주는 그리스도〉, 〈피에타〉 등이 있다.

62 조반니 데 피에솔레(Giovanni de Fiesole, 1387~1455) ; 별칭 프라 안젤리코. 중세 이탈리아의 화가. 도미니크 수도원에 들어가 각지의 성당에서 그림을 그려 초기 르네상스의 주요 화가의 한 사람이 되었다. 고딕 취미를 살리면서 밝은 빛깔과 명쾌한 화면 구성으로, 경건한 종교적 감정이 넘친 종교화를 그렸다. 대표작에 〈성모 대관〉, 〈수태고지〉 등이 있다.

이처럼 인류의 문학사는 대부분의 세월을 기형아들에게 내준 채 엉뚱한 방향으로 흘러갔다. 그리고 이들 기형아를 그토록 오랫동안 생존시킨 힘은 욕망을 위해 무엇이든 가리지 않고 추종하는 인간의 추악함이었다. 그 와중에도 정상적인 생명이 태어났고, 여전히 우리 눈앞에 꺼지지 않는 호흡을 내뿜고 있다. 세계 도처에서 영원한 생명을 꿈꾸는 젊은이들에게 진정한 청춘의 모습을 보여주고 있는 것이다. 문학이 오늘날까지 지속될 수 있었던 것은 그들의 희생이 뒤따랐기 때문에 가능했다.

　이 같은 문학의 역사는 최소한의 인물들에 의해 발전했다. 따라서 굳이 학교에서 배우지 않더라도 그 수가 매우 적기 때문에 누구나 쉽게 그들을 기억할 수 있다. 최근에는 자신이 지성인이라는 것을 자랑하기 위해 문학사를 읽는다. 참된 진리는 모르더라도 진리를 발굴한 선구자의 이름만 기억하면 된다는 식이다.

　나는 편집광 치료의 특효제로 리히텐베르크의 저작에 등장하는 한 구절을 독자에게 들려주고자 한다.

　그러나 그 전에 '비극적인 문학사'를 쓸 수 있는 자격과 능력을 갖춘 인물이 먼 훗날에라도 탄생하기를 간절히 기대해 본다. 그 내용은 이런 식으로 전개될 것이다. 우선 모든 국민들이 존경하는 작가와 예술가의 이름을 거론한다. 그리고 생전에 우리가 그들을 어떻게 대접했는지 조목조목 살펴본다. 다음으로는 문학과 예술의 선구자들이 자신의 주장을 위해 목숨까지 버리는 광경을 묘사한다. 이들의 주장이 현재는 당연한 진리로 받아들여지지만, 정작 그들이 살아 있을 때는 빈궁한 생활 속에서 쏟아지는 비난은 견디기 힘든 고통에 불과했다. 그때 맞은편에서는 오늘날 그 이름도 생소한 인물들이 문학과 예술의 이름으로 명예와 부를 얻고 있었음을 증명하는 것이다.

천재들은 에서[63]의 운명을 타고난다. 에서가 아버지를 위해 사냥을 나간 사이에 집에 남아 있던 동생 야곱은 형의 옷을 훔쳐 입고 아버지의 축복을 가로챘다. 에서는 당연히 받아야 할 자신의 축복을 교활한 동생에게 강탈당했다. 이것이 인류의 문학사였다.

그러나 먼 미래에 등장하게 될 문학사는 다음과 같은 장면으로 결론짓게 될 것이다. 비록 그들의 생애는 비참했지만, 모든 인류가 함께 겪어야 할 고행의 길을 그들 몇몇이 선택한 덕분에 인류는 전진할 수 있었고, 마침내 이들의 가혹한 운명

---

63 『구약성서』「창세기」 27장 참조.

을 인류의 축복으로 받아들여 그들을 위해 감사의 노래를 부른다.

　무거운 갑옷도 지금은 날개 달린 옷처럼 영화롭다

　고통은 순간일 뿐, 영원한 것은 기쁨이다.

쇼펜하우어의 독서 노트

: 무지한 부자는 쾌락으로 살아가는 것에 만족할 뿐이다.

: 올바르게 읽는 책은 독자의 몫으로 남는다.

: 독서의 진정한 가치는 읽고 생각하는 데 있다.

: 독서를 위한 독서는 생각하는 힘을 잃게 한다.

: 진정한 독서의 가치는 양(量)이 아니라 질(質)에 있다.

: 독서는 우리가 구사할 수 있는 천부적인 재능을 촉진시킨다.

: 악서(惡書)는 독자의 돈과, 시간과, 인내력을 고갈시키는 주범이다.

: 악서는 정신의 독약이며, 정신을 파멸로 몰아간다.

: 독서의 기술은 다 읽지 않고도 그 내용을 충분히 파악할 수 있는 능력이다.

: 좋은 책을 읽기 위한 조건은 나쁜 책을 읽지 않는 데 있다.

: 고전을 읽어라. 고전에 대해 말만 하는 것은 아무런 의미가 없다. (슐레
  겔)

: 진정한 문학은 영원히 지속되는 문학이며, 학문을 위해, 또는 시를 위해
  살아가는 사람들에 의해 일궈진다.

: 중요한 책일수록 두 번, 세 번 반복해서 읽는 습관이 필요하다.

: 읽은 내용을 기억하는 것은 먹은 음식을 소화시키는 것과 같다.

: 자신의 사상 체계와 목적에 부합하는 책을 선택하는 안목이 중요하다.

: 책은 사색의 결과이자, 연구 성과로 맺힌 열매이다.

: 고전은 수천 년의 세월을 견뎌내는 완벽한 사상과 위대한 정신이다.

: 정치사는 의지가 만들어낸 역사이며, 문학과 예술사는 지성이 만들어낸
  역사이다.

: 세계를 지배하는 것은 권력이 아니라 철학이다.

옮기고 나서

글은 그 사람의 인격이다. 쉽게 말해 내가 지금 쓰고 있는 하나의 문장이 겉으로 보이는 나의 외양보다 더욱 진실할 수 있다는 뜻이다. 그렇기 때문에 좋은 글을 쓸 수 있다는 것은 축복이다. 여기서 한 가지 짚고 넘어갈 점은 '좋은 글'을 판독하는 주체가 타인이 아니라는 것이다. 물론 글이란 누군가에게 읽히기 위해 존재한다. 그러나 누군가에게 감동을 주고 깨달음을 전달하기 이전에 글을 쓰는 주체, 즉 자기 자신을 설득하지 못한다면 결코 좋은 글이라고 할 수 없다. 그렇다고 아집과 독선만이 글쓰기의 주체라는 뜻으로 해석하는 일이 없길 바란다. 어찌 되었든 이 세상에 존재하는 모든 문장의 공통점은 첫 번째 독자가 자기 자신이라는데 있다. 내 글의 첫 번째 독자인 자기 자신조차 감동시키지 못하는 문장이 다른 누군가에게 필요한 지성의 양식이 되기를 바라는 것은 어불성설이다.

우리 시대의 낳은 글들이 이 같은 자기기만을 순수한 열정쯤으로 착각할 때마다, 그 비교판단을 뛰어넘어 가장 열정적으로 자기 안의 모든 것을 글로서 내어놓을 수 있었던 철학자가 우리 곁에 머물고 있다는 데에 큰 위안을 얻는다. 바로 쇼펜하우어이다.

인류가 철학이라는 이성적 행위를 깨달은 이래 수많은 철학자들이 생성과 소멸을 반복했다. 고대 그리스 사회의 일곱 현자 중 한 명이었던 탈레스부터 현대 지성을 대표하는 촘스키까지 각 시대마다 그 사회의 정신을 이끄는 기본 토양은 언제나 철학이었다. 그리고 이런 철학을 하나의 거대한 사상으로 정립한 힘은 철학자가 구사하는 문장에서 발현되었다. 그러나 아쉽게도 문장은 그 파급효과에 비해 항상 역사의 뒤편으로 외면되어온 것이 사실이다. 쇼펜하우어가 등장하기 전까지 문장을 바라보는 사회적 시선은 사상의 노예에 지나지 않았다. 대 철학자라는 명성에 걸맞지 않게 일반인으로서는 도저히 해독할 수 없는 철학서들이 범람하는 까닭은 그들이 생각하는 문장의 위상이 고작해야 노예에 불과했기 때문이다. 다시 말해 스스로의 세계에 빠져 타인의 이해를 염두에 두지 않았기 때문이다.

요즘도 많은 지성인들이 판독되지 않는 문장에 매몰되어 있다. 그들은 대중이 이해하지 못할수록 순교자라도 된 듯 자기만의 세계에서 홀로 글을 쓰는 악취미에 집착하는 경향을 보인다.

그 대표적인 시절을 꼽으라면 아마도 쇼펜하우어가 생존했던 독일을 예로 들 수 있을 것이다. 그의 시대는 한마디로 이 같은 악취미적 글쓰기가 범람하던 시절이었다. 철학자는 물론이고 평론가와 소설가, 하다못해 매일 발행되는 신문조차 엉터리 문법과 생경한 언어로 독일어를 겁탈하는 데 앞장섰다. 몇몇 소수 집단의 구성원 사이에서만 통용되는 어법이 시대의 유행으로 자리잡는 것을 바라봐야 했던 쇼펜하우어의 심정은, 인터넷의 생활화로 야기된 언어 파괴를 지켜봐야 하는 우리들의 모습과 크게 다르지 않을 것이다.

이 책을 통해 그의 본령이 철학이었음에도 불구하고 누구 못지않게 열정적으로 독일어를 지키는 데 앞장섰던 이유가 문법과 문장의 파괴로 야기될 역사의 단절을 두려워했기 때문이라는 것을 우리는 알 수 있다. 쇼펜하우어가 사상의 핵심적 주체로 문장력을 언급한 것은 철학이 지금 이 시간에만 국한되지 않고, 미래에까지 이어져야 한다고 확신했기 때문이다. 아직도 많은 독자들이 쇼펜하우어를 비관주의자로 기억하고 있지만, 문장에 대한 그의 집념이 서려 있는 이 책을 읽다 보면 그 진정성에 다들 공감하게 되리라고 믿는다. 만에 하나 우리가 이 책의 어느 한 부분에라도 공감할 수 있다는 것은 오늘 우리가 처한 현실이 쇼펜하우어의 시대적 상황과 크게 다르지 않다는 의미로 해석할 수 있을 것이다.

21세기는 영상의 세기다. 그 어느 때보다 글의 존폐가 회자되는 까닭도 영상언어가 문자언어의 존재감을 박탈했기 때문일 것이다. 그러나 영상도 넓은 의미로는 문자언어의 한 형태에 불과하다. 인간의 사고는 기본적으로 문자를 통해 구체화되고 실현된다. 따라서 영상으로 제공되는 콘텐츠 역시 문자언어의 또 다른 변신에 지나지 않는다. 그리고 사회가 발전할수록 문장력, 즉 사고의 구체화는 개인의 인격뿐 아니라 능력까지 검증하는 시험대로 통용될 것이다. 후기 산업사회에서 정보 습득에 소요되는 시간이 개인의 능력을 검증하는 척도였다면, 오늘날과 같은 정보화 사회에서는 개인이 가지고 있는 정보를 얼마나 제대로 이해했는지가 중요한 판단기준으로 작용하게 마련이다. 그리고 이 같은 판단은 다름 아닌 글쓰기에서 판명될 것이다. 그런 의미에서 문장력은 구시대의 관습이 아닌, 현대생활의 귀중한 자기개발능력이라고 할 수 있으며, 나아가 시대의 조류를 헤쳐나가기 위한 인류의 검증된 선택이라고 확대해석해도 무방할 것이다.

몇 해 전 프랑스에서는 의회에서 영어를 사용할 수 없다는 법률을 통과시킨 적이 있다. 이처럼 선진국들은 세계화를 지향하면서도 자국의 언어를 보존하고 발전시키는 데 여념이 없다. 이에 비하면 한국이 처한 현재 상황은 매우 불우하다. 자신의 생각을 정확하게 표현하는 것은 차후로 미루더라도 사고와 판단조차 논리적인 주관으로 실천하지 못하는 것이 당연한 현상쯤으로 받아들여지고 있다. 철학과 사상이 대학의 강단을 지키는 몇몇 교수들에게 전가된 지 오래다. 쇼펜하우어가 그토록 두려워했던 세기가 한국에서 적나라하게 반복되고 있다. 이와 같은 사회적 현상을 극복하기 위해서는 스스로 자신의 지적 능력을 향상시키는 수밖에 없다. 많이 읽고 많이 쓰는 것은 가장 기초적이고 가장 손쉬운 방법이라고 하겠다. 그중에서도 쇼펜하우어 같은 대 철학자와 함께 독서와 문장과 철학의 길을 사색한다면 이보다 더 유익한 방법은 아마도 없을 것이다.

그리고 이 책은 쇼펜하우어 만년(63세)의 저작인 인생론집 『여록과 보유*Parerga und Paralipomena*』(1851) 중에서 사색, 독서, 저술과 문체에 관한 부분을 옮기고 제목을 『쇼펜하우어 문장론』으로 정했음을 밝혀둔다.

2005년 12월

김 욱